朝日新書
Asahi Shinsho 429

男と女は、ぼちぼち

田辺聖子 編著

朝日新聞出版

食べて、しゃべって、恋をして——まえがきにかえて

——今日は先生に夫婦のお話をしていただきたいと思うんですけれど。

田辺　え、スープの話？

——いえ、夫と妻、ご夫婦のお話をお聞きしたいなと思って。

田辺　あぁ、夫婦ね。私はなんでも食べ物にひっかけるから（笑）。

——先生が今までいろいろお書きになっているなかで、「夫と妻が仲良くするのは、一種の外交だ」とおっしゃっています。

田辺　それは夫と妻に限らず、どの人とでもそうですよ。やっぱり、それぞれ自分なりに今まで積み重ねてきた人生観を持っていますからね。そのなかで一番いいのを集めて、「あ、素敵」「こういうところがええな」と思いながら過ごす、ということもありますね。

本音では、「もうちょっとこうしてくれたら、何とかうまくいくのに」と思うこともあるでしょう。でも、自分の思い通りにはならなくても、思わざる点にええとこ見つけたり

する。これは人生の面白み。そういうのをひとつずつ重ねていけたら、その分、目が肥えて、自分も大きくなっていくから。それを自分で褒めてやる。「えらかった、えらかった」って。

――褒めてやる。

田辺 それから、「あぁ、そうか、それもあるなぁ」。これも大事ね。「これじゃないとダメ」っていうことはない。いろんな人に、いろんなやり方があるの。

――これしかない、っていうのはないんですね。

田辺 この人にはこれが一番よう効く、っていうのはあります（笑）。みんな、それぞれに笑いどころがあってね、それを出すとよう笑う子がおるし、なんべんも笑うたりね（笑）。

――どう言うか、言い方は大事ですよね。

田辺 自分の思うように発言したいというのは、当たり前のことだから、「そやなぁ、あんたの言うことは正しい、正しいなぁ」と一応は聞いてあげて、ご飯のときに、美味しいものをちょっとつけてあげたりしてね。

美味しいもんを食べたあとは、「あぁ、うまかったー」と、人間の心はちょっと休まってますから、そんなふうに休まったところで、「そやけど、さっきのは、こういうふうにも考えられへんやろか」と言うてみる。大人となった以上は、美味しいもんで心をやわらげる、ということをしないといけないですね。

――美味しいものって、ホッとするから。

田辺　そうね。それで、なんでもね、自分のおしゃべりに利用したらいいの。

あと、たとえば、返事でもね、「はい」っていうのと「ふぁい」とふたつあってね。「ふぁい」は不服やけど一応「はい」って言ってるのね。

――不服だけれど、ＯＫ？

田辺　たとえば、「お父さん、なんで、こう言うてくれなかったの？」「うーん」「言うたらわかるでしょ。私はいつもそう言うてるのに！」「わかった、わかった」「ほんとにわかったの!?」「ふぁい」なんて（笑）。でもね、「ふぁい」は人生、必要よ。

――そうですよね。

田辺　いまひとつには、「わからんでもないが」というのもありますね。これが人間と人間を結びつけるの。

「あいつの言うことは、あいつの立場から言うたら、そうなるのかもしれんけど、それでは世の中たっていかん。でも、わしの口から改めてそう言われたら、向こうも引っ込みがつかなくなって、『そない言うけどな!』とこうなる。これだけは言わなあかんけど、でも、もっと上手な言い方はないもんかな」と考えたりね。そういうことから、人間は大人になっていくの。腹がたって、夜も寝られへんぐらいやったけど、でも考えてみたら、「やっぱりあいつらしいな」と思えたり、ふふっと笑えてきたり。

——言い方や言葉をいっぱい持ってることが大事なんですね。

田辺　大人になっていくというのは、いろんな言葉を集めることでもあるの。私が「本を読みなさい。しょうもない本でもかまへんから読みなさい」って言うのはそれなの。

——先生は、大阪弁の素敵な言い方をたくさん書いてこられました。

田辺　ええもん聞いたなという時には、落ちてたもの拾うというようなつもりで、自分の言葉になさったらいいのではないかしら。日本語にはこんな言い方もあるのか、面白いなと思った言葉は、こそっと書きつけておいたり。これは一生の勉強ね。やっぱり本音はその人の言い方なり、言葉の出し方なりに見えてくるものなんやろね。やっぱり人間、可愛げっていうのは大事ですね。男も、女も、年寄りも。

——おっちゃん(「カモカのおっちゃん」の愛称で親しまれた夫の川野純夫《すみお》さん。二〇〇二年逝去）は、可愛げのあった方でした。

田辺　可愛げだらけで困った（笑）。

――それ、先生、ノロケですか（笑）？　でも、ずっとずっとお二人はおしゃべりなさってましたよね。

田辺　やっぱり、おしゃべりは大事ですね。おしゃべりがない夫婦は、なんぼ仲よしいうても、ちょっと違うと思う。たとえばね、「それ違いますよ！」って言われたら、「ほっとけや」とか「うるさいわい」って怒る人はよくあるけど、「あ、違うてたか。大先生、教えてください」なんて言われたら、相手も思わず笑ってしまう。

――そういうのが大事ですよね。

田辺　逃げ道はなんぼでもあるからね。面白いことをいろいろ知ってるというのも、逃げ道ですから。

――いっぱい言葉を持っていることも、いろんなことを知っていることも、逃げ道になる。

田辺　そうねぇ。でもね、笑いは大事ですよ。どんな家にも笑いがあると豊かね。二人の間で、「あれ言うたら、笑うてしまうから、もうやめて」とか、「ご飯最中はだめ、言うたらあかん」とか、そんなんたくさんあったら楽しいですよね。

笑いのある家に福は来る

――小さいときから、先生のお家のなかには笑いがありました。

田辺 うちは写真館で、地方からいっぱい若い衆が来てたでしょう。みんながよう笑うんですよ。「いつでも笑い声が絶えない店やないといけません」と、うちの父もいつも言うてました。

――あぁ、お父さんもおっしゃっていたんですか。

田辺 祖父がつくった写真館で、父が二代目でしたでしょう。多いときは、住み込みの見習いさんが十何人いたんやけど、みな明るくて、楽しかった。私らもよく、ちょっとええ服着たりすると、真っ先に見せにいくの。「見て！　こっち見て」「はい、なんかくれますか？」「何もあげへんけど、ビックリする」「ビックリせえへんかったら、なんかくれるんか」なんてね。おかしかった(笑)。で、見せたら、「わぁ、ビックリした～」って言うのね。「なんでやの」「うしろのとこ、ボタンはめるの、忘れてる」。それでまた、みんなで大笑い。そんなふうに、うちはいつでも笑いがありました。おじいちゃんもね、「笑いがない家に福は来ませんて」って。

――名言です。

田辺　若い衆にもね、「冗談の言い方を覚えなはれや。都会いうとこは、それで成り立っているとこやから」って。「怒ったりしたらあきまへんで。一応、笑いなはれ」って、そんなこと言うてました。笑えばこそ、本当の仕事もできるし、本当の気持ちもお互いにわかるから、と。

――そんなふうに、最初から、先生は笑っているなかで育ちはったんですね。使用人の人たちも、家族と同じご飯を食べてはりましたよね。

田辺　おばあちゃんは「みんなにいろいろ食べさせなあかん」と言うてました。「みんな、親元離れて、見ず知らずのところへ来てな、見ず知らずの仕事を習うんや。せめてな、食べることだけは大事にしたげなさいや」って言うてたのを覚えてます。

――結婚なさってからも、先生の暮らす家には笑いがあふれていました。

田辺　あの人、医者やったから、あんまり笑わへんけど、でも、「医者はむつかしい顔してたらいかん」ていうのは、あの人の持論でね。患者さんにはいつでも笑い顔を見せてました。そうでないと、「ここがこうなんです、ああなんです」って、患者さんも自分のつらいところをよう言われへんからね。

――笑ってたら、いやなことも忘れますし。

田辺　結婚した家がね、四人の子どもがいる家でしたから、笑い声がないことにはうまくいかへん。私とおっちゃんが笑うてたら、「なに、何か言うた？」「何を笑っていたの？教えて！」って子どもたちが飛んでくるからね。そんなんばっかりだった。

――金物問屋にいらした頃も、先生はよく笑っていらっしゃいました。

田辺　そうね。金物問屋は口ひとつで商売をやるようなところですから、みんな、面白い話を持って帰ってくるでしょう。アハハハハってすぐ笑ってしまうから、「また田辺は笑うてまっせ」ってよく言われて。

でもね、私ね、男はよく笑うんだ、えらいなぁ、と思った。一人が笑うと、みんな笑うしね。いったん笑うたら、みな感じがガラッと変わってね。なんやむつかしいこと言うてたのが、「あれ、さっきのはできたか」「はぁ」「そんなら、はよ、こっちに回してえな」なんて、やさしい言い方になってる。

――笑うことで、空気が変わる。笑いって大切です。先生のおじいさまやお父さまのユーモア、おしゃべりみたいなものは、先生に受け継がれていますよね。

1950年ごろ、金物問屋の事務員時代

田辺　私、あんまりユーモアないけど、祖父がしゃべるとみんながゲラゲラ笑った。父はちょっと違ったけど、でも、お客さんの扱いがやさしかったですね。とっても大事なものの言い方をしていました。

――先生の小説は大人の小説ですよね。大人っていうものはこういうものだっていうたたずまいが、小説のいたるところに表れています。食べて、しゃべって、恋をして。先生の小説を読むと、幸せな気分になるというのは、そういうことだと思います。

田辺　それやったら、うれしいわ。ありがとうございます。

――作品も素敵やけど、先生はやっぱりおしゃべりも素敵です。

田辺　対談や講演と、書く以外にもいろいろなお仕事をさせてもらいましたけれど、こうしてそれを一冊にまとめてもらえてうれしいわ。どれも読み返すと懐かしくて、とくに対談はお相手によって思いがけない方向に話が転がって。読者の方にも楽しんでいただきたいと思っています。

（2012年6月10日／聞き手・島﨑今日子）

男と女は、ぼちぼち　目次

食べて、しゃべって、恋をして——まえがきにかえて　3

第一部　ぼちぼち対談

夫婦を詠む◉時実新子　19
愛する伴侶を失って◉永　六輔　31
「あの頃」の正月、「あの頃」のわが家◉伊集院静　51
人は老いて豊饒になる◉山田太一　73
人生の「あらまほしき」を探して◉川上弘美　97
「ぼちぼち」の豊かさ◉小島ゆかり　113
男から学んだこと、女から学んだこと◉沢木耕太郎　133

第二部　講座「日本人の恋愛美学」

Ⅰ　日本恋愛史　161

Ⅱ　「やさしみ」と「ユーモア」　219

写真　朝日新聞社
（20、114ページを除く）

第一部

ぼちぼち対談

夫婦を詠む

◉時実新子

時実新子

（写真　ご家族提供）

◉ときざね・しんこ

一九二九年岡山県生まれ。
二十五歳の時、新聞への投句から川柳を始める。
六三年、初の句集『新子』で柳壇デビュー。
八七年、句集『有夫《ゆうふ》恋《れん》』がベストセラーとなる。
個人季刊誌『川柳展望』や『月刊川柳大学』を主宰する一方、
各紙誌の投稿川柳の選者としても活躍、抜群の選句力、
鑑賞力で現代川柳の魅力を伝え、普及につとめた。
著書に『花の結び目』『小説新子』
『死ぬまで女』『白い花散った』など。
二〇〇七年逝去。

頼り、頼られ、という関係

時実　川柳をやっていて思うんですけれど、夫婦のよさを詠めるようになるのは、六十歳くらいになってからなんですよね。

田辺　振り返って初めてわかることが多いんでしょうね。

時実　そうですね。若い時はみんな夫婦の葛藤を詠まれますね。

田辺　亭主が出世しないと見極めがついて、それでもなお亭主のよさもわかる。ある種の諦めというのかな。そうなってやっと夫婦のよさがわかっていくのかもしれませんね。

時実　私のところは夫婦して居職《いじょく》ですから、亭主元気で留守がいいとは思ったことがないんです。前の亭主も自営業だったから、私にとってはいて当たり前になってます。

田辺　うちも居職だわ。サラリーマンか居職か、子どもがいるかどうかでいろいろ違ってくるんでしょうね。今はよく友達夫婦なんて言うけど、そういうのもいいですよね。

時実　だけど先生、夫婦っていうのは、片方が弱るともう片方が不思議と力がわいてくるものですね。シーソーみたいなもので、そうやってバランスをとっているのかなと思います。いつも水平でいるのは難しい。
日常でもそう。うちは先に書斎に入ったほうが勝ちなんです。残されたほうはなんだか力が抜けて仕事をする気になれないの。亭主は一気呵成《いっきかせい》の人で、私はコツコツ型なので、たいてい私が先に仕事を始めるんですけど、そうなると昔からよく言われた「亭主の運を食うな」という言葉を思い出しちゃうんですよ。

田辺　人間はしょうがないのよ、あるのよ、そういうの（笑）。性格というか、業《ごう》というか。でも人生の場面場面で、頼り頼られというのが一番いいですね。

時実　最初から頼るほう、頼られるほうと役割が決まっていたら、たまらないですものね。

田辺　だから慰めたり励ましたりする能力は、夫婦ともにほしい。女が絶えず男を励ましたり褒めたりするのが、今までの日本の夫婦でしょ。そんなこと、いつまでも女にさすな、と思います。男からも言ってあげないと、日本の女はかわいそうですよ。

時実　日本の男の人は本当に言葉が下手だから、それなら行動で補ってくれればいいのにと思うんです。うちの亭主はよく肩を揉《も》んでくれてたんですけど、あまりに私が肩凝りがひどいので、マッサージ機を買ってくれたの。これがなかなかいいんです。

田辺　椅子式の？

時実　そう。揉むわ、叩《たた》くわ、伸ばすわで、今やマッサージ機が亭主になってるんです（笑）。だけどね、実はどんなに機械のマッサージが上手でも、亭主の手のほうが効くような気がするの。

田辺　技術じゃなくて気持ちの問題なんでしょう。

時実　そう。やさしさが効くんですね。

自分が変わると周囲も変わる

時実　私は前の亭主に死なれて五十八歳で再婚したんですけど、それは話し相手がほしかったからなんです。今も二人でのべつしゃべってますね。亭主が「ああ、やかましい」ってテレビを消すから、「あんたのほうがよっぽどやかましい」って言うくらい（笑）。

田辺　よくわかるわ、それ。私は三十八歳で結婚したの。主人は四十一歳で再婚だったんだけど、おしゃべりが楽しくて結婚したようなもの。毎日、二人で晩酌してよくしゃべってました。おしゃべり結婚ですね。

時実　沈黙は金なんてよく言うけど、私はよくしゃべる男が好きなんです。

田辺　そうね。外ではしゃべるのに、家の中ではしゃべらない男って多いみたいね。

時実　でも、ご主人にしゃべってもらいたかったら、奥様も乗っていかないと。近所の噂話だけじゃなくて、いろんなことに興味を持っていないと、ご主人についていけないんじゃないでしょうか。

田辺　同感です。お互いに相手の話題に関心を示さないとね。どちらか一方がいつもしゃべっているだけという関係でなくて。

ただ、究極の夫婦というのは、言葉がなくても豊かな気持ちでいられるような気もするんです。「今日はぬくいね」「ぬくいですね」だけで成り立つ。よくしゃべるからいいわけでもなくて、口数が少なくても、その沈黙の責任を互いに負わなくてもいいというのが、一番楽しい。ぽつりぽつりと話すだけで、それぞれに満足しているってとても豊かじゃないですか。

時実　口数が少なくても、それでお互いによしとしている夫婦もあるし。

田辺　そう。言葉で解決できなくてもいいんですよ。

時実　それで思い出しました。阪神・淡路大震災の時は、さすがにうちもほとんど無言でしたね。揺れがおさまって、めちゃくちゃになった家の中で座り込んでいたら、主人が

「ひどい地震だったね」と一言。私も「本当にひどかったね」ってそれだけ。また一時間くらい二人で黙り込んで。それが夫婦なんでしょうね。

田辺　だけど、夫婦を円満にやっていこうと思ったら、いつも自分が上機嫌でいることが必要ね。人間の核というか、芯の強さみたいなもの。それを私は精神的腕力と思っている。上機嫌っていうのは、赤の他人同士が一緒に暮らしていく上で、大変な宝物になると思いますよ。

時実　なるほど、精神的腕力、いい言葉ですね。私も同感です。相手を変えるのは大変だけど、自分が上機嫌でいれば、相手も自然と変わってくれますものね。

田辺　そう。向こうが変われば私も変わるのにと言う奥さんは多いけど、それは違うの。自分が変わると周囲も変わるのよ。

時実　それに命令口調になると、男の人は頑《かたく》なになりますよね。家に帰っても楽しくないとなれば、帰ってきたくなくなるもの。

私も失敗したことがあるんです。主人にいくつか頼み事をすると、必ずひとつは忘れて帰ってくる。「どうして忘れるの！」って私は叫ぶわけですよ（笑）。すると主人が「オレが自分をどんなに情けないと思っているかわかるか」って。それで私、はっとしたんです。

同時にシュンとしてる主人が可愛くなって……。

田辺　こうあってほしいと思うように相手が動いてくれるとは限らないのよね。夫婦関係においては〝あらまほし〟は忘れないといけませんね。そうしないと関係が硬直してしまう。逆に考えて、すべてきちんとしてくれるような人だったら、かえってこちらがつらいでしょう?

時実　そうなんです。それで私も反省しました。夫婦であんまりあらをつつくようなことをしてはいけないんですね。

田辺　家庭ってどんな時も二人で協力していくものだから、怒るだけじゃだめなのよ。

だけど時実さんの「茶碗伏せたように黙っている夫」という川柳は、思い当たる人が多いでしょうね。男の人が黙ったら、本当に頑迷固陋《がんめいころう》になる。それを日常の「茶碗」を出してきて端的に表している。これはある時期の夫婦の姿でしょう。

時実　これは、前の夫との生活の時に作ったんです。本当に男の人が黙ると茶碗を伏せたみたいになって、取り付く島がなくなりますからね。とくに四十代くらいだと、忙しくて会話がないという夫婦も多いと思うんです。だけど、こういう時期をなんとかクリアしていけば、年とってまたしゃべる夫婦になれるような気がします。

時々、本気で褒めることも大切

時実　夫婦の縁なんて本当に不思議なものですよね。ちょいとそこまでのつもりが、いつのまにか添い遂げることになってしまっている。

田辺　そうそう、最初から偕老同穴《かいろうどうけつ》なんて思ってませんよね。気づいたら何十年も経ってる。

時実　いつも現在進行形なのが夫婦なんでしょうね。ただ、川柳っていうのは一瞬を切り取ることもあるんです。どんなに仲がいい夫婦であっても、ふと〝独り〟を感じることはあると思います。ふっと夫を遠く感じる瞬間。

田辺　なるほどね。人間なら誰しもそういう瞬間があるでしょうからね。

時実　だけど私、先生のところのご夫婦は本当に素敵だと思いました。この間、私たち夫婦が先生の家におよばれしたでしょう？　先生はご主人の隣に座っていつもどこかしら触ってらした。スキンシップって大事だなと思いますね。

田辺　それと言葉も大切だと思いますよ。日本の夫婦は褒め合わないでしょう。亭主を褒めると聞こえてないような顔をするけど、絶対、聞いてるんだから（笑）。

時実　私ね、先生のご主人にすっごくうれしいことを言われたんですよ。「時実さんは美人だね」って。それがお世辞っぽくなかったの。私、亭主にも言われたことないような言葉を聞いて、うれしくてね。一生、忘れられない（笑）。

田辺　中年以降は精神性が顔に出ますから、外側と内側の両方から輝いてる人こそ美人なんですよ。おっちゃんはリップサービスをする人じゃないから、本当にそう思ったのよ。だから夫婦であっても、時々、本気で褒めることは大切でしょうね。

時実　それと私、最近思うことがありましてね。夫婦という単位は、どんなに長くいてもせいぜい五、六十年のものでしょう？　だったら協力しあって、どのくらい周りに温かいものをふりまけるかと考えていくのも必要じゃないでしょうか。

田辺　四十歳前後だと、子どもの入試だなんだので、一番大変な時期でしょうけど、そこを越したら夫婦単位で遊べるようになるといいですよね。

時実　私ね、若い時は茶飲み友達なんて考えられなかったんです。でもこの年になると、やはり滋味あふれる言葉だと思うようになりましたね。一緒にお茶を飲んで楽しい相手ってやっぱりいますもの。それが夫婦であれば一番いいんじゃないかと。

田辺聖子さん還暦祝いの席で。赤いちゃんちゃんこならぬ、赤い絹のタフタのイブニングドレス姿の田辺さんと、夫の川野純夫さん

夫婦っていうのは苦労もあるけど、苦労だけじゃないですからね。先生はご結婚された時、ご主人に四人もお子さんがいらしたんだから、大変だったでしょう?

田辺　ううん、楽しかった。それぞれ性格が違うから、おかしいことばかりで夢中で過ごしてましたね。当時は学生運動の華やかなりし時だったけど、最終的には市民社会に溶け込んで、自分で食べていけるような子にしたらいいだろうというのが、私たち夫婦の一致した意見でしたね。

時実　今の親は子孝行しすぎるんじゃないでしょうか。とくにお母さんが子どものことで考えすぎたり悩みすぎたり……。

田辺　そうね。もうちょっと個を確立したほうが、家族というのはうまくいくのかもしれません。少しゆとりができたら、もっと気軽に夫婦で楽しめたらいいですね。

時実　ペアで楽しめれば、人生はもっと豊かになるでしょうからね。

愛する伴侶を失って

◉ 永 六輔

永 六輔

◉えい・ろくすけ

一九三三年東京生まれ。
早稲田大学文学部中退。
浅草の寺の住職の息子として育つ。中学の時、
ラジオに投稿を始め、大学在学中から放送の世界にかかわる。
以降、放送作家、作詞家、語り手などとして活躍。
TBSラジオ「土曜ワイドラジオTOKYO
永六輔その新世界」は長寿番組として知られる。
「上を向いて歩こう」「こんにちは赤ちゃん」
「見上げてごらん夜の星を」「遠くへ行きたい」などの
作詞を手がけ、数々の名曲を生んだ。
尺貫法など日本の文化を守る運動も行っている。
著書に『大往生』『職人』など。

田辺さんの夫で、〝カモカのおっちゃん〟として親しまれた川野純夫さんは、五十代後半に脳溢血で倒れられたあとは車椅子の生活を送り、二〇〇二年一月、七十七歳で亡くなられました。一方、永さんの妻の昌子さんは、二〇〇一年五月に胃がんを発病、ご本人の希望により、在宅医療スタッフの協力のもと、最後の二カ月をご家族と自宅で過ごされました。六十八歳でした。

最期まで家族で看取る

田辺　奥さまはいつでしたの？

永　一月の六日でした。ご主人とは一週間ぐらいの差で。

田辺　十四日でしたからね。

永　僕がカモカのおっちゃんに初めて紹介いただいたのは、田辺さんたちが幻のツチノコを探しにいらした時でした。

田辺　そうでしたね。山で渓流釣りする人がよく見つけるというので、ツチノコ研究会で揖斐《いび》川の奥のほうへ行って、そこに永さんが取材にいらしたの。

永　たしか集めた髪の毛で山を燻《いぶ》したり、大変な騒ぎでしたよね。出てくるのは蛇ばかりで、あの時女房がいたら、あの場でショック死してました（笑）。

田辺　ツチノコは人間の髪の毛を焼く臭いが好きだというので、床屋さんにいただいてきて燃やしてたの。浮世離れしておかしかったわ（笑）。

あれは最初の新聞連載『すべってころんで』を書く時だから、昭和四十六、七年頃ですね。当時から、おっちゃんは私の行くとこにはついていきてましたね。

永　うちの女房は反対に、表には出てこない人でした。専業主婦だったこともありますが、結婚した直後に、沢村貞子さんが呼んでくださって、「女房ってものは襦袢《じゅばん》の襟よ。出すぎちゃいけない、出なくてもいけない」と言われた。それを当人は重く受け止めてたんですね。亡くなる時まで、「ちゃんと襦袢の襟だったかしら」なんて言ってました。

田辺　永さんはお家でお看取《みと》りなすったでしょう。あれはなかなかできないことですね。うちのおっちゃんは長いこと車椅子だったから、人を雇ったり、できるだけうちで看ましたけど、去年（二〇〇一年）の八月にどうも様子がおかしいと病院に連れていって、そのまま入りました。

永　わかった時にもう末期がんで、「うちで、好きなソファで息を引き取りたい」というのが本人の希望だったんです。それで、最後の二カ月間、在宅医療チームのお医者さんと看護婦さんの訪問看護を朝晩受けながら、僕と二人の娘で看ることにしました。楽しく最期をという約束はしましたが、明るい介護というもののやっぱり修羅場ではあります。
うちの女房は落語とオペラが大好きなんですが、在宅介護サービスの「開業ナース」は趣味が共通する看護婦さんを探すところから始めてくれるんですよ。

田辺 お嬢さんと永さんもずいぶんなさったんでしょう?

永 全部、家族がやるのが一番いいというシステムなんです。注射を打つのから何から、ナースの指導を僕らが受けて、徹底して家族の手で看させる。最後の段階で、一時間おきにお手洗いに目覚める状態になると、こっちも体がもたなくて、ヘルパーさんを頼もうと思って「やっぱり家族で看取るというのは限界が……」って先生に相談しかけたら、「ありません、限界なんて! 家族でいけます」と叱られましたよ。

田辺 そういう時、お嬢さんがいらしたのはありがたいことね。息子さんじゃそうはいかないですよ。なんでも男の人はまじめにしたがるから(笑)。

永 娘たちには感謝してます。女性だからこそ、あれだけ命とぶつかり合える。僕だとトイレまで連れてはいけても、その先のことは拒否されるし。以前、母を介護した時に、「あなたは昔、お母さんにおむつを取り換えてもらったんだから、今度はあなたが取り換える番です」って言われてしましたけど、やっぱり男にはつらい。娘たちはそれを自然にこなす。傍《はた》で見てて、命に関しては、男は女の領域に入れないと思いました。

家族だから笑わせられる

田辺 うちはアシスタントのミドリちゃんがしょっちゅう側《そば》にいてくれてましてね、私が沈めば、あちらが持ち上げて。そして二人で、おっちゃんを笑わせることばっかり考えてましたの。もう病院へ入ってからでも、私が「おっちゃん、ご飯の前にちょっとお酒を差し上げますわ」と冗談を言うと、彼女が「私は真心を差し上げます」。おっちゃんは、「心いらんわ。わしはやっぱり男やから、体のほうがええ」って。

永 ハハハ。男のセリフだ。

田辺 彼女は主人のことを「大先生《おお》」と呼ぶんですけど、「大先生はおえらいわ。男としての礼儀を尽くされました」なんて（笑）。喉《のど》にもがんができて、ご飯がスムーズに入らないのが、笑ってる合間に不思議としゅっと入るんですね。

永 うちもたまたま僕が笑わせるのが好きで、女房が笑うのが大好き。告知した当初から、本人が「とにかく楽しくいこう」と言うので、日々笑うことを最優先にしました。桂米朝さんが得意な「地獄《じごく》八景《ばっけい》亡者《もうじゃ》の戯《たわむ》れ」。あれが好きで笑い転げてました。

田辺 地獄と極楽を楽しむ噺《はなし》。あれ、可笑《おか》しいですもんね。

永 命を肴《さかな》にしてあんなに笑う噺はないでしょう。死んだ人たちがわいわい騒ぎながら三途《さんず》の川を渡ると、たとえばあの世にも芝居小屋がある。「田辺聖子、〈源氏物語〉を語る」と看板が出てて、そこに「近日来演」と。ああ、近いうちにお聖さんもこっちにくるらしいよ（笑）。

田辺 本なら「近日刊行」ね（笑）。

永 カモカのおっちゃんが皮膚科の病院を開いたらしい。地獄の火で炙《あぶ》られてやけどした人がいっぱいいるから忙しいんだとか（笑）。

田辺 私は新聞の読者投稿を、朝のお髭剃《ひげそ》りの時、おっちゃんにしゃべってやってたわ。小学二年生のお兄ちゃんが学校で引き算を習ってきて、四つの弟に早速教えてる。〈五人の子どもたちが遊んでました。四人がおうちに帰りました。残りはどうなりますか〉って弟に聞いたら、〈迷子になるぅ〉なんて可愛い話（笑）。なんか笑わせないと剃らしてくれないから、毎日考えるのが大変なの。でも、そのぐらいのことはすべき。第一、自分も楽しいし。

永　家族だからここまでできるという実感は、娘ともども共感しました。

田辺　そのうち私も腰をやられてしまって、夜の間も看てくれる介護の人を頼んだんです。やっと夜ぐっすり寝られるようになって、私はぐっと元気になりましたけど、朝の洗面所がしーんとしてるんです。覗《のぞ》くと、おっちゃんは黙りこくって、髭を剃られてる。そんな静かな朝は初めてでびっくりしましたけど、介護の方がやさしい人であっても、お仕事として接する以上、これは仕方のないこと。でも家族なら、病人を笑わせてあげられますね。

永　歯が痛くてもお腹《なか》が痛くても、笑ってる時は、痛みやつらさを忘れるらしい。医学的には知りませんけど、積極的に笑うってことが、かなり苦痛を軽くできる。

ＭＲＩになってから余命について、誤差が少なくなりました。あと何日、あと何日と命を刻まれていく最中に、最期まで笑っていられたのはよかったです。事情を知らない黒柳徹子さんの電話でもよく笑ってました（笑）。

田辺　科学で証明できなくても、もっと別なところ、神サンが差配してられるような領域で、笑いの効用がきっとあると思います。

お墓には入りたくない

田辺　ＭＲＩといえば、おっちゃんはあれいやがって、穴の中に首入れられながら、必死に反抗してました。私と看護婦さん二人で押さえつけて、しまいに看護婦さんが不思議そうに「この方は不随意筋の病気でしょうか」って。それ聞いて、本人も笑ってるの（笑）。点滴は外してしまうし、好き放題でした。

永　お医者さまで、命と向き合う仕事をずっとしてらしたのに、文字通りじたばたされたんですねえ（笑）。

田辺　死亡診断書書かなくていいから、皮膚科になったという人ですもの（笑）。自分のいやなことはしないというのは強いですよ。最初に倒れた時から、リハビリなんか絶対しないと言ってたの。お医者の言うことと思えないと言ったら、「でも、皮膚科は大変だぞ」って。「どうして？　お薬つけとけばいいんじゃないの」と聞くと、「皮膚科の病気っちゅうのは精神からきとるんや」って。お姑さんが家にくる時に限ってアレルギーが出るお嫁さんの話や、おばあさんの愚痴なんかを黙って聞いてましたね。「それ、保険の点数になるの?」「これが、ならへんのやなあ」って自分で感心してるの。

永 いい先生ですねえ。僕のうちは寺ですから、小さい頃から毎日、肉親を亡くした方たちと応対する。人の死というものが暮らしの中に組み込まれてしまってるんですね。だから、「女房があと半年」と言われてびっくりはしたけれど、自分でも驚くほど覚悟はできました。

田辺 それは、体でお寺するってことね(笑)。

永 それに女房は、中国からの引き揚げ経験者で、残留孤児と同世代なんです。元気な頃から、引き揚げの夢を見てうなされるんですよ。物心ついた直後に地獄のような世界を体験したから、あれほど覚悟が行き届いてたのかなと。その人の育ち、環境、性格が最後はずいぶん影響し合うと思いますね。

ただ、慣れない介護をしてると、僕のほうがあれよあれよと痩せていって、結果的に十七キロも減ったんです。

田辺 それは大変なこと。

永 女房の母親が九十二で元気で、「逆縁になりたくないから、絶対に隠し通すように」と本人に言われて、女房の病気のことは周囲に黙ってたんですね。「永さんはがんじゃないか」と周りが心配した時も、本当のことは絶対に言えない。この黙ってるというのが、相当つらかった。とくにおしゃべりですから（笑）。

田辺　でも、奥さまの希望をよくかなえて差し上げて。

永　やってほしいと言うことはとりあえず全部やりました。今うちで迷ってるのが、「私はお墓には入りたくない。風通しのいい、みんなと目が合うところにいたい」と言ってたので……。

田辺　じゃあ、まだお家の中に？

永　はい。仏壇ではなくて、今は彼女が好きだった陶磁器と並んで明るい窓辺にいます。その前には僕が毎日書いている絵ハガキが置いてあって、今日は田辺さんと噂をしたとか。僕は寺の人間ですから、どこに骨壺《こつつぼ》があってても別にびっくりもしないし、娘も孫も平気なんですけど。

田辺　お寺さんでは、そういうのはタブーになってません？

永　タブーではありません。僕が死んだら一緒にしてもらうつもりですけど、今後も多分このままだと思うんですよ。時にはソファに座らせたり（笑）。田辺家ではどうなさってますか。

田辺　三つに分けて、二つはお墓に、私も手元にちょっとだけ持ってます。海が大好きだったから、こんど淡路のほうへ行く時にでも、海に散骨してやろうと思って。

永　最近はお骨をこうしてほしいとか、自分の死後のことを書き遺す方も増えました。命と向かい合うことに関しては、一時代変わってきましたね。

田辺　たしかに意識は向上しました。それに、おっちゃんは奄美の生まれでしょう。うれしいにつけ、悲しいにつけ、奄美の人は唄《うた》うんです。お舅さんが神戸で亡くなる時、大阪や尼崎から同じ年頃の親類の男の人たちが集まってくれて、島唄を唄うんですよ。おじいちゃんが気息奄々《えんえん》と横たわっている傍らで、どこからともなく三線《さんしん》を持ち出してきてね。あれ聞いたら、涙が出ました。おじいちゃんも喜んで死んだと思います。

永　あちらは歌手じゃなくて、唄者《うたしゃ》といいますでしょう。島唄はドレミにない声で唄うから、あの世の歌の魅力があって。

田辺　血のなかに入ってるから、みんな歌がうまい。私が真似《まね》して唄うと、義妹に「お義姉さんのは小学唱歌ね」って言われてました（笑）。

永　沖縄では亡くなった人に対する物言いが素敵で、あの人は美しい女性だった、男だったら逞《たくま》しい人だったと語り継ぐ。二、三代語り継ぐうちに、もう神さまみたいに立派な人になっちゃう。そして生まれ変わりという意味で、おじいさん、おばあさんの名前を孫が受け継ぐことが、とても多いんです。

田辺　仏教が伝わるのが遅かったから、死んだ人が神サンだったんですね。

挫ける男、挫けぬ女

永　亡くなった後、こちらの思いとは全然別に、「本日の講師・田辺聖子先生をご紹介します。つい先日ご主人を亡くされて、喪に服すなかおいでいただきました」なんて、時々言われませんか？

田辺　ああ、ありますね。

永　あの「お悲しみのなか運んでいただいて」を聞くと、今日はとことん笑わせて、悲しんでなんかいないとこを見せようと思うんですね。

田辺　かえって笑わせたろという気になるのね（笑）。でも、やわらかい席で突然、「このたびはどうもご主人が」と改まられると、ああ、大人の文化だな、いいなあと思いますよ。

永　そうですね。でも、必要以上に死を悼んでくださって、励ましたり慰めたりする方が多いのには、正直辟易《へきえき》させられます。僕は女房が亡くなってから、泣きそうにはなっても一度も泣いてないんですよ。

田辺　私もね、いよいよいけなくなって死んで、お葬式の時も全然涙は出なかった。だけど、会葬者のなかに、すごい大きい声で泣く方がいるでしょ？

永　いるんです、いるんです（笑）。

田辺　あれにつられ泣きしました。それを見られて、お聖さんも涙にくれてしょんぼりしてたと言われちゃって。

永　僕は外科、内科、循環器それぞれ主治医がいまして、精神科は北山修なんです。その北山から、「泣いてくださいね。泣かないとあとでつらいですよ」と指示を受けてるんですが、まだ泣いてない。僕が伺うのも変ですけど、相棒が亡くなって半年が問題だ、いや三年後、五年後にどっと寂しさがくるとかいろんな説がありますが、そういう実感ってあります？

田辺　そうねえ、今はまだ緊張してるのと、仕事が忙しいので紛れてますけど、やっぱり二人で一緒に唄った歌ね、これを聞くと切ない。よく近所のお店でおっちゃんと「昭和枯れすすき」を唄ってたの。歌詞の三番目に「この俺を捨てろ」「なぜ、こんなに好きよ」

のところを唄うと、周りから「ええ加減にせい！」と怒られてた（笑）。そんなことを思い出すと、ね。

永　予期せぬ時に突然くるのがあぶないんです。最近も新聞の小さな記事で、三大テノールが横浜でコンサートを行った。その最後の曲が「遠くへ行きたい」だったと読んで、生きてたらうれしがっただろうなと思った瞬間、ああ、もういないんだと。

田辺　ふと、おっちゃんの使ってたライターを見つけた時なんか、困っちゃいます。三月に税金を調べなきゃならなくて、日記を繰ってみたんですね。日記の片端に出費をつけてるもので。そしたら、おっちゃんの意識がまだらになってた頃、ある日なにも言わずにおっちゃんが私の顔を見て、「あんた、かわいそやなあ」って。「わし、あんたの味方やで」と言ったと書いてあったの。自分で書いてすっかり忘れてました。大阪弁の語彙《ごい》は即物的だから、この「味方やで」は、「あんたのお守りになるで」ということだと思うんですね。ひょっとしたら私へのラスト・メッセージだったんだと思って。

永　そういう心構えのない時に、いきなりくるとたまらないですねえ。

田辺　その不細工な言い方がね。

永　いまだにいる気がするんですよね、イメージなんですけど。電話すれば女房が出るという実感が消えないから、台風が近づいてきてるな、家に連絡しとこうと思って、旅先から誰もいない家に電話するなんてしょっちゅうですよ。

田辺　外から帰ってきてミドリちゃんが、つい癖で「大先生、ただいま」と言うのに、「おう」と返事がないと、変だなと思いますね。

永　それで僕があまり家にいないもんだから、娘たちと相談して、女房のものは片付けない、触るのはよそうと、亡くなった時のままにしてあります。眼鏡もそのまま、読みかけの本も開けたままで。武田百合子さんの『富士日記』。

田辺　あの本、面白いですものね。私はくらッと違って、おっちゃんが使ってた電動ベッドを老人ホームに寄付して部屋が広くなったので、家具を配置替えして、縫いぐるみやお人形をたくさん置いて、中原淳一さんの絵飾ったりして好きに変えてたら、まるで六十年前の女学生の部屋が再現しちゃいました。意図してそうしたんじゃないけど（笑）。壁におっちゃんの写真があるところだけ違います。

永　やっぱり女性のほうが、精神的にも気力的にも若いんだなあ。こないだ小沢昭一がある会で挨拶《あいさつ》に立って、「三木のり平さんは奥さんが亡くなって後を追うように亡くなりました。西村晃《こう》さんも水戸黄門でお元気だったのが、奥さんが亡くなった後に亡くなりました。内藤法美《つねみ》さんは越路吹雪さんが亡くなった時、泣いて泣いて、後を追って亡くなりました。こんど永さんの奥さんが亡くなりました」（笑）。あとに残された男は、何が理由で挫《くじ》けていくんでしょうね。

田辺　やっぱり男のほうが欠乏感が深いんでしょう。

永　たしかに女性が旦那の後を追うというのはあんまり聞かない。掃除、洗濯、食事、これを全部自分でやらなきゃならない。何でもない日常の積み重ねが、こんなに大変なのかと思いました。男やもめに蛆《うじ》がわくとはよく言った（笑）。でも、これからは華やいで、清潔感のある、蛆のわかない男やもめにならないとね。

普段から笑いの多い家庭を

永　死に直面しながら、最期まで普通に、いつもと同じでいこうと思うと、よっぽど気力が充実してないとできません。気も使うし、家族も本人もとことん疲れますね。でも、その疲れた気持ちよさで僕は泣かずにすんだ。ただし、告知の問題は、生きる気力のある人の場合は最期が充実するけれども、誰にでもしていいというものじゃない。それで滅茶《めちゃ》苦《く》茶《ちゃ》になる人もいるわけだし。

田辺　今の私の心境としては、告知されて滅茶苦茶になっても、滅茶苦茶にならなくても、残された時間はそんなに変わらない。

永　なるほど（笑）。

田辺　一日でも長くと思ってしまうのは、あとに残るほうの煩悩じゃないかしら。

永　お盆の時ぐらい、家族で命の話をしてほしい。あの世とこの世をつなぐ祭りなんだから。日本人は宗教心がないと言いますが、お盆の時のあの渋滞ね、あれは信仰心の表れですよ。自分が死ぬ時どうしていたいか考えたり、家族と話すだけならお金もかかりません。

昭和六十年からこっち、一人っ子が主流でしょ。データでは子ども一人に親二人、祖父母は平均寿命いってなくて、曽祖父母は半分生きてる。となると、一人の子どもは十人の葬式に立ちあう（笑）。

田辺　それはもう神業よ。

永　あり得ないですよね。だから、僕らはいい看取り方、看取られ方ができる最後の世代かもしれません。

田辺　看取りのなかに笑いを取り込むといっても、病気になってから、突然笑ってもしょうがないから……。

永　そう、普段から笑いの多い家庭をつくるということですね。笑いのある暮らしをしてないと、笑いのある看取りはできない。

田辺　それは、いかに生きてきたか、いかなる夫婦生活をしてきたかということでしょうね。日頃からユーモアのある話をして、お互い褒め合うことね。今日からでも遅くないから。

永　生きてきたようにしか生きていけないんですよね。結婚した二十二の頃、ちょうど民放各局ができて目が回るような忙しさで、女房は一人で新婚旅行に行ったんです。文句も言わずに湯河原に向かう彼女を東京駅で見送って、「ああ、これはいい人と結婚したな」と思いましたが、最期も見送って……。

田辺　うちも教会で結婚式して、私は締め切りがあるから、別々のうちにすぐ帰ったの。車の窓から、「また、電話する」っておっちゃんに手を振って（笑）。

永　ハハハ。お互いに自立してること、これも必要条件に加えましょう。でも、片割れがいなくなるというのは、見事に半身削《そ》がれた実感ですね。

田辺　ほんと？　男性の実感かなあ。

永　今、半身で生きてます（笑）。

田辺　私は鎖が切れて、虎を野に放つって感じよ。元気になった（笑）。

永　ほら、この差です。この差が男と女の違いなんですね（笑）。

「あの頃」の正月、「あの頃」のわが家

◉伊集院静

伊集院静

◉いじゅういん・しずか
一九五〇年山口県生まれ。
立教大学文学部卒業。八一年「皐月」で作家デビュー。
九一年『乳房』で吉川英治文学新人賞、
九二年『受け月』で直木賞、
九四年『機関車先生』で柴田錬三郎賞、
二〇〇二年『ごろごろ』で吉川英治文学賞受賞。
その他、『羊の目』『少年譜』『大人の流儀』
『浅草のおんな』『お父やんとオジさん』
『いねむり先生』など著書多数。

澄み渡っていたお正月の空

伊集院　田辺さんの生家は大阪・福島（大阪市福島区）の写真館ですね。ひと昔前の日本の正月は、皆さんが記念写真を撮りにみえるので忙しかったでしょう？

田辺　年を越して、ほんの少し眠っただけで、家の女性たちはほとんど寝てないのと違うかしら。女中さんは二人、未婚の叔母も二人、もちろん私の母もいましたけれど、お雑煮の用意もお昼の用意もしておかないといけませんしね。店を開けると同時に皆さんが晴着を着てやってこられるものですから、父も祖父も店の若い衆も早くに起きてました。今みたいに家庭にカメラがある時代ではありませんから。私が学校へ行って、四方拝《しほうはい》（天皇家に伝わる祭祀で、元日の朝五時半から天皇が四方の神々に拝礼し、五穀豊穣や天下太平などを祈る。庶民の間でも広く行われた）をして、教育勅語を聞いて帰ってくる頃には、お客さんが入れ替わり立ち替わりでした。

伊集院　昔は元日は登校していたんですね。「君が代」や「一月一日《いちげついちじつ》」を歌ったりするんですか？

田辺　そうです。だから、学校へ行く前にお雑煮を食べさせないといけないので、母や女《おな》子衆《ごし》さんたちは大変でした。私は、熱いお雑煮を慌てて食べて出て行ってました。「一月一日」は心弾む歌で大好きでしたね。伊集院さんの時代はもう登校していなかったのですか？

伊集院　私が子どもの時代はもう元日は休みでした。

田辺　あら、時代が違うのね（笑）。でも、街中に日の丸が出て、門松が立って、門松を立てていないところは、松の枝を門のところにつけて「おめでとうございます」ってみんなで言い合ってね。

　家に帰ってきたら、すぐに「着物着せて、着物着せて」っておねだりするの。お正月用に着物を作ってもらっていましたから。すぐに着替えさせてもらって、今度はお年玉集めです。ちっちゃなハンドバッグにいっぱい、ギュウギュウ詰めにして……。近所の女の子のお友達も、着物に着替えて「聖ちゃーん」って遊びに来るの。男の子たちは道端でべったん（メンコ）をして遊んでいました。正月だけは大人に叱られないですから、みんな生き生きとした顔をしていました。

伊集院　少女には着物は重かったのじゃないですか？

田辺　そう、今みたいに薄いものじゃないから、もう重たくて重たくて子どもはよろめいてました。そしてね、こっぽり（下駄）を履かせられるの。草履はもう少し大きくなってからです。底が船底になっていて、中に鈴が入ってまして、歩くと音が鳴るの。どちらの家も家紋を染め抜いた幕を張ってあって、年が明けると行く道々の景色が一変しました。

伊集院　私の記憶には、「正月の空は、なぜこんなに澄み渡っているんだろう」という思いがあります。大晦日《おおみそか》までの忙《せわ》しなさが嘘《うそ》のように、一夜明けて正月になると、風が運んできたような青空に晴れ晴れしい気持ちになりました。それと、身が引き締まるような寒さをよく覚えています。

田辺　そうね、昔の正月は本当に寒かったですね。

伊集院　注連縄《しめなわ》などの正月の準備はどうされていましたか？

田辺　注連縄は、できあいのものを家の若い人が打ちつけていました。

伊集院　私のところは、法被《はっぴ》を着た業者が、注連縄を荷車に運んできてました。料理の準備などは三、四日前からやっていました。

田辺　料理は女子衆さんが用意してました。大晦日の晩に綺麗《きれい》に盛りつけるんですが、それは若い叔母たちがやってました。

伊集院　女手も多いお家だったのですね。

田辺　そうなの。子どもたちはつまみ食いをしたりするし、賑《にぎ》やかでした。

伊集院　子守りさんもいたのですか？

田辺　着物に着替えさせてもらえるような年頃には、もういませんでしたけど、妹と弟にはついていていました。

伊集院　大人数の家族の家には必ず子守りさんがいましたね。私のところでも田舎から出てこられて、お母さんがお手伝いさんで、娘さんが子守りさんをしていました。やはり、そんな風習があったのでしょう。

田辺　大阪では子守《もり》サンって言って、背中に背負った赤ちゃんの目に髪の毛が入らないように、頭のてっぺんでキュッとくくって。そして、みんな着物着ていました。

伊集院　『田辺写真館が見た〝昭和〟』（文春文庫）の写真のなかにも子守サンが写っていましたね。

田辺　絣《かすり》の着物着てね。

伊集院　行儀見習いだったのでしょうか。よく怒られて泣いていたのを憶《おぼ》えています。

田辺　私は、一緒に縄跳びなんかをしてましたよ。でも、子守サンは乳飲み子がいる間だけで、歩けるようになる頃にはもういませんでした。

伊集院　乳母さんはいらっしゃったんですか？

田辺　私のところはいなかったですね。母で足りてたのかしら？

伊集院　私は六人きょうだいの四番目に生まれた長男だったので、母も乳の出が少なくなっていたんだと思うんですが、乳母さんが来てました。

田辺　大事にされはったんでしょうね。

伊集院　同じ時期に子どもが生まれるっていう人を探しておいて、頼みに行ってたみたいです。その乳母さんが駅でお弁当を売ってた人で、高校生の時に野球の遠征に出かけると、遠くのほうから「たー坊、たー坊」って私の名前を大きな声で呼んで、弁当をくれるんですが、恥ずかしかったのを憶えてます（笑）。

田辺　情のある人ね。

伊集院　私が直木賞をもらって、郷里のほうで祝宴をした時に、母がその乳母さんを呼んでくれまして、喜んでもらいました。

田辺　あら、いいことされたわ。

写真館の思い出

伊集院　ところで、お雑煮は白味噌ですか？

田辺　そうなの、大阪だから。

伊集院　家々で違うものなんですか？

田辺　大阪の下町はだいたい一緒です。小芋、人参、大根とか入れて、お肉。お餅は別に煮ておいて、最後に入れるの。最初からお餅を入れて煮ると濁るから。白味噌だけだとアクセントがないので、赤味噌を少し入れてね。伊集院さんのところは？

伊集院　うちも西のほうだったので、白味噌です。

田辺　白味噌もね、「一番上等のもんを買うんだっせー」って、おばあちゃんが言うの。おばあちゃんは台所の一番偉い人やったから。その上に「ばァばァ祖母《ばあ》ちゃん」っていう人がいて、曽祖母ですね。この人はクリクリに頭剃《そ》ってて、お頭巾被《かぶ》って、一番偉いところにどでっと座ってるの。そして、家の財布を握ってた。お父ちゃんも、おじいちゃんもこの人からお金もらうのよ。それぐらいしっかりしてた。

伊集院　じゃあ、姑さんも大変でしたでしょう。

田辺　そうそう。曽祖母は備後《びんご》の福山（現・広島県福山市）の出身で、大きなお家だったらしいのですけれど、皆が死んでしまって、まだ小さな息子と二人だけになってしまったらしいの。それで、二人で大阪に出てきて、一所懸命に働いて、おじいちゃんを育てたの。なんぞ新しいことせな、家を盛り返されへんと思って、おじいちゃんが考えた末に〝写真〟を思いついたらしい。横浜まで修業しに行って、中古の写真機を手に入れて帰ってきたの。それで、街頭写真を始めたのです。

曽祖母は色が白くて、声が可愛かったらしいの。その可愛い声で「お写真ひとつどないだす？」って声かけたら、「ほな、撮ってもらおか」という人が多かったらしい。ほんまかいな？と思いますけど（笑）。親子で商売してたんですね。それでお金儲《もう》けて、大阪・福島に小さな写真館を建てて、その後、大きな写真館を建てたの。

伊集院　隣に大きなバーがある写真館ですね。

田辺　そう。「カフェー・パリー」。

伊集院　ずいぶん大きな写真館で、モダンな建物でしたね。

話は変わりますが、お年玉は貯金にまわしていたほうですか？　それとも〝宵越しの金は持たない〟のほうでしたか?

田辺　後のほう。なぜかわからないけど、お金が散っていくっていう子どもだったの。でも、一体何に使っていたんでしょうね。当時は、すぐに壊れてしまうような、儚《はかな》げなものばっかり売ってましたから……。それと、着物着せられているから「タレの垂れるもんは食べたらあかん」って言われてました。でも、やっぱり食べたいのよ。だから、女の子はみんな「着替えてこよか」「そや、そうしよっ」って、着替えしに帰るの。それで、モスリンの、普段着着物というのを着せられていたの。着物で過ごすお正月って、私らの世代で終わりじゃないかしら。

伊集院　三が日くらいは正月気分でしたか。

田辺　うちは写真館でしたから、三が日の間もひっきりなしにお客さんが来てました。男の人たちは殺気立っていましたよ。

伊集院　手っ取り早く仕事しないといけないですからね。写真を見ると五人くらい助手の方がいらして、皆さんネクタイをして、服装もモダンな方ばかりです。

田辺　父が「写真はモダンでないとアカン」ていう人やったのです。普段の生活まで「いじけたことしとったらアカン」て言うてね。結構、贅沢《ぜいたく》してたんでしょう。あの人たちの愉《たの》しみは、仕事済んでから、みんなでタクシーに乗って、一直線にミナミに行ってキャバレーで遊ぶことなんです。私も一度、連れて行ってもらったことがあるんですよ。父が一緒だったからですけど。綺麗な女給さんが着物を着て、白いピラピラの可愛いエプロンをして、後ろを蝶結《ちょうむす》びにしてました。胸当てもついてました。

伊集院　ということは、皆さんかなり給料はよかったんですね。

田辺　かもしれません。でも、父も叔父たちも一緒にいましたから（笑）。

いまでも取材で地方に行くと、街の可愛らしい写真館を見ることがありますが、助手の人たちのなかには、実家が写真館をやってる人もいましたから、「あのお兄ちゃんたちも、こんなところからうちに来てたんかなあ」と懐かしく思うこともあるんです。

伊集院　地方へ行くと、必ずその街で一番の商店街に写真館があります。

田辺　やっぱり生活に必要なのね。

伊集院　立木義浩《たつき》さんのように、写真館から出たカメラマンも多いですね。うちが写真館へ行く時は大変でした。なにしろ、家族八人全員が正装しなくちゃいけないから。それに、全員そろっていい顔をしないといけないし。写真館の主人が「こっち向いてくれ」って言い続けるんですが、なかなか、そろうことがなくて、父も母も大変だったと思います。あの当時、入学式や卒業式では、必ず家族全員、写真館で写真を撮ってもらっていました。

田辺　弟も、小学校入学の時に写真を撮ってもらっているんです。提げてる草履袋に、オリンピックのマークがついてるんです。前年の昭和十一年に開催されたベルリン・オリンピックの熱が冷めやらぬ頃だったのでしょうか。

伊集院　写真を見ると、弟さんは少年兵みたいな格好で写ってますね。お父さまの撮られた写真のなかで、田辺さんが一歳半の時に、奈良公園で撮られた写真が印象的だったんです。というのは、母上と少女田辺さんの手前に父上のソフト帽とマフラーが、きれいにセッティングして置かれているのです。そして、とても不思議なのですが、ピントがそこにピタッときているのです。それで、幻想的な雰囲気が感じられます。

田辺　あ、そっちにピントがきているのですか？　私もね、顔がボオッとしてると思てましたわ（笑）。

伊集院　おそらく、意図的に撮ってらっしゃいますね。よく撮れた写真だと思いました。それと多分、助手の方が撮られたんだと思うんですが、テニスの格好をして、ラケットを持っていらっしゃるお父さまも大変モダンです。田辺さんは少女時代からモダンなものと、着物などの日本的なものに囲まれて、まさに和洋折衷でお育ちになったんですね。

田辺　そう、和洋折衷。父がハイカラ好きだったんです。日本的なものに反発するわけじゃないけれど、ハイカラが大好き。外国人の誰それさんが「こないなふうに言いはった」言うてね。「やっぱりそんなふうに、せんならんのかなあ」言うてましたね。祖父はそんなことはなかったのですけれど。

伊集院　おじいさまの写真を見ると、首にタオル巻いていますね（笑）。すると、田辺さんのモダニズムの影響は父上からですか。

田辺　そうね、とくに若い叔父たちからモダニズムの洗礼を受けました。ハイカラなレコードがいっぱいあったの。いつも洋楽が鳴り響いてたのよ。

伊集院　皆さんのネクタイの締め方や、スーツの着こなしや髪型も大変にモダンだった。

田辺　時代がモダンだったのね。みんなおしゃれだったわ。

大阪女は正月も働いていた

伊集院　少女時代の田辺さんは『少女の友』と愛読していらして、それ以外にも、弟さんや叔父さんが読んでいた本もお好きだったと書いておられますね。

田辺　弟は『少年倶楽部』だったかな。私は男の子向けのものも好きで、山中峯太郎がとくに好きだったから『敵中横断三百里』なんか、よく読んでました。『少年倶楽部』には時代小説も活劇小説もいろんなものがあって。『鞍馬天狗』も少年向けに書いてたのかしら。そういう波瀾《はらん》万丈な物語がよかったです。

伊集院　吉屋信子さんもすでに書いていらしたのですか？

田辺　書いておられました。あとは、若い叔父、叔母が読んでいたのが、茶色の小型の本で西洋の翻訳小説シリーズなのです。『巌窟王《がんくつおう》』とか。

伊集院　それは、貸本屋さんではなくて、買っていたのですね。

田辺　そう、家に本屋さんが持ってくるのです。母が『婦人倶楽部』で、若い上の叔母が、結婚もしてないのに、面白いから言うて『主婦の友』読んでました（笑）。『新女苑』が下の叔母でね。贅沢してたんですね。それぞれ好きな雑誌を取っていましたもの。

伊集院　じゃあ、当時の田辺家の情報量はすごかったわけですね。

田辺　そう、ものすごかったと思います。江戸川乱歩の全集もあったのよ。装丁も蜘蛛《くも》がデザインされていて、見るからに怖かったの。読んでもよくわからなかったんじゃないかと思いますけど。

伊集院　でも、読み進めていくと、なんとなくわかるっていう不思議な力が読み物にはあります。

田辺　そう、ルビが振ってあるから、子どもでも読めちゃうんです。総ルビ文化恐るべしです。ルビを振らないっていう文化なんておかしいと思う。

伊集院　私の家もダンスホールやキャバレー、ジャズ喫茶なんかをやっていましたから、正月はものすごく忙しかったのです。普段から、人が遊びに出る時に働くというのが当たり前でした。だから、正月に男も女も働いていても不思議じゃなかったです。田辺さんの家は男性はもちろん働いてましたけれど、女性はそんなことはなかったのじゃないですか？

田辺　いえいえ、当時の大阪女は正月でも働いていました。というのも、大勢の人間の着物がありましたから。洗って、板に張ってね。暇なのは子どもだけでした。

伊集院　洗い張りをしてらっしゃったのですか。うちは洗濯屋もやっていたんです（笑）。今はもう、洗い張りできる職人さんは少ないです。

田辺　岩井三窓《さんそう》さんの川柳で「伸子《しんし》張《ば》りの波をくぐれば母がいる」っていうのがありますが、女の手仕事の多かったこと。

伊集院　年の暮れに、行き倒れっていうのはなかったですか？　小さい頃は、行き倒れがあると、警察が来るまで、近所の大人みんなでその周りを見張っていた記憶がありました。

田辺　そんなことは見なかったですね。浮浪者はいましたけど……。堂島川の大橋の下にいつもいましたから、みんなでのぞき込んで見てた覚えがあります。

伊集院　うちのほうでは、ほいとと呼んでました。

田辺　ほいと。『万葉集』にも出てくる言葉ですね。

伊集院　山頭火《さんとうか》の句にも出てきます。父親はほいとに物を恵むのを嫌ってた人なんです。「そんなことやってるなら働け！　楽してるんじゃない」っていう人で（笑）。ある日、写真館へ家族で出かけようという時に、ほいとが母の手を取って「おかげで年が越せました。ありがとうございます」と礼を言ったのです。それを父親が見まして、家に引き返して母を怒っているのを横でジイッと見て、待っていたんです。

写真館へ行って家族で写真を撮ってもらうというのは、ひとつのセレモニーでしたから。それと、写真館へ行ける家とそうじゃない家がありましたね。作家たちの写真を見て「これはちゃんとした写真ですね」って聞くと、「そう、この時はまだ家が金持ちだったたんで、写真屋で撮ったんです」などと言いますから。「この頃から写真がありませんね」って言うと「家が潰れちゃったもんですから」なんて返ってきたり（笑）。

田辺　写真って後に残るから面白いですね。私のアシスタントに「あなたのお母さまとお父さまの写真があったら見せて」って持ってきてもらったの。お二人の結婚写真を何とはなしに見ていたら、左下に「田辺写真館」の刻印があったんです。「これ、うちで撮った写真やないの！」ってね（笑）。

古典にはたくさんの発見がある

伊集院　小説の話を少ししたいと思いますが、戦争が終わって、ご主人、息子、家族を亡くした女性が日本に大勢できて、その女性たちが元気になる、わかりやすいものを書きたい、と田辺さんはおっしゃっています。

田辺　自分で気の乗らないものは、読者もついてこられないと思うのです。だから、気が乗ったことだけ書こうという気持ちですね。自分が書きたいことを書けば、きっと読者もついてきてくださると思ってますから。自分の小説では好きなことだけ書いてきました。

伊集院　最初の『花狩』から、次の作品まで五年ありましたが、その間はどうされていたのですか？

田辺　何してたんでしょうね。『花狩』の後は書くもんがなかったんやと思います（笑）。友達と一緒に同人誌めいたものをやっているのが楽しかったんやないかなあ。そんななかで書いたのが「感傷旅行《センチメンタル・ジャーニィ》」でした。自分たちでお金を出し合って作った本に掲載するもんですから、お互いにこっぴどく批評し合うんですね。それが楽しかった。ほんと、遅れてきた青春という感じでした。

伊集院　作家になられてから、書くものがなくて困ったということはなかったですか？

田辺　短編をたくさん書いている時は、困ったこともありましたね。でも、窮すれば通ずで……。苦しんで、考えればなんとか出てきました。突然、降ってわいてくるようなものではないですけれど。それと、私の場合は古典がヒントになりました。『今昔物語』なんかは小説の宝庫ですね。もちろんそのままでは使えなくて、ちょっとひねくって、現代風に色とか匂いとかつけないといけないですけど。

伊集院　若い頃は、徹夜で書き上げたものに、思い入れが強くて思った以上のいい作品ができたということもあったと思いますが……。

田辺　よっぽど芯を摑《つか》んでいる時ですね。摑んで離さないでいると、できるかもしれない。

伊集院　普段から題材に目をむけられていらっしゃるのですか。それとも執筆に入ってから題材を?

田辺　普段から、新聞なんかはよく読んでいます。新聞記事を見て、興味があれば、切り抜いたりはしてます。

伊集院　ある作家の方は、たばこ屋までたばこを買いに行くのも旅であろうと。その旅というものでおのずと何かに出くわさないものかと思って歩いていたらしいですよ。

田辺　それはどなた?

伊集院　吉行淳之介さんです。

田辺　吉行さん!　あの方らしいわ。お会いすることはあまりなかったですけれど、書かれたものを拝見すると、すごいひらめきを持たれていた方ですね。

伊集院　吉行さんの世界は特別でしたね。

田辺　『今昔物語』に、平安朝の時代、都の有名なお医者さんのところに女がやってくるという話があるんです。女中だけ残して、他の従者は全員帰すの。それで、腫れものができたというんですよ。お金も払うというし、なによりその女が美人だったんですね。それで、医者は一所懸命手当てをするの。でもある日、気がつくと女がいなくなって、医者が手摺《す》り足摺りして悔しがるの。それを見て周りの人たちは、指を差してあざけり笑うわけ。それを『今昔物語』はなんの感動もなく、たんたんとシレシレと書いてるの。かえってそれが可笑《おか》しくてね。こんな書き方もあるのかと。

古典にはそういう発見がたくさんあるんです。書き写した人も、写してる間は何の感動もなくて、書き終えて読み直して初めて「あっ、こんなおもろい話やったんや」って思てはったんでしょうね。

伊集院 読ませようという意志をあまり感じないですね。そのほうがかえってユーモアが広がりますね。作品にユーモアがないと枯れたものになってしまいますが、田辺さんのユーモアの素養が培われたバックボーンのようなものはございましたか。私は田辺さんが、非常に観察眼の優れた少女時代を過ごされたのじゃないかと思っているのですが。

田辺 私の家では、男衆《おとこしゅ》が多かったもんですから、よくケンカがあったのです。大阪男ってね、ケンカには必ず言葉が出てくるんです。手は出ないで言葉の応酬が激しい。だから、私、両方の言い分をあっち行って、こっち行って聞いてたんです。そしたらオトナたちに「おまえ、何しとんねん！　あっち行っとけ」ってね、よく怒られてました（笑）。好奇心が強かったんです。

伊集院　些細《ささい》なことから怒鳴りあうのでしょうけれど、面白かったでしょうね。
田辺さんのお好きな川柳のユーモアの根にあるのは、切なくても笑うしかないものだと思うんです。私が小説をどういうふうに書いていこうかと思っている時に、田辺さんの「こんな処《とこ》に　まだいたのか浪花の　老作家」というような意味の川柳に出合ったんです。ずーっと毎日、小説のことを忘れずに少しずつでも書いていれば、その人は小説家なんだ、と勝手に解釈しているんですが、大変励みになりました。どれだけ遊んでも、一日、ほんのわずか小説書いてればいいのかと（笑）。

田辺　大阪弁を使った川柳に「命までかけた女てこれかいな」というのがあるんですが、これだけで物語ができそうな気がするの。川柳をやってるとポンポン出てきそうでしょ。

伊集院　新しい世界を作ることも大事ですが、先ほど、田辺さんもおっしゃいましたけれど、もっと古典を大事にしないとだめだと、私も思うんですが……。

田辺　日本の作家は、とかくお師匠さんや自分の存在価値を海外に求めがちです。ところが、日本には千年も前から『源氏物語』のような文学が成立していたのですから。「『源氏物語』お読みになりましたか？」って聞くと「いや、まだなんです。読まないといけないとは思ってるんですよ」っておっしゃる方が結構多いのです。日本の物書きは日本の古典

でに物語られていることも多いんです。

自分がすごいことを考えついたと思っても、この道はいつか来た道で、古典のなかで、すでに物語られていることも多いんです。

伊集院　古典の名作は一人の人間が生涯かけて作ったものですから。一作でもいいから触れるということが大事です。

田辺　古典のいろいろなお話のなかのひとつを換骨奪胎して、テーマや見方をちょっと変えて、現代の物語にしてみるという勉強をすればいいんです。できあがったらそれは創作になるって言うのですけど、「読むのが難儀で」とおっしゃるんです。わかりやすいものを読めばいい。そうすれば「こんな時代にこんなことを実験してたのか」という発見もあります。千年の歴史があるわけですから、とくに王朝の古典をしっかり勉強しておくのがいいです。言葉の言い回しや文脈はややこしいんですが、日本文学の要素があると思うんです。それと、とくに短編を書いてる人には「こんな面白い話があったのか」という自分だけの発見がきっとあります。海外の文学や古典はすでにその国の人がやり尽くしてるかもしれません。やっぱり、日本の古典は日本人しかわからないですから。

伊集院　それはいいことを伺いました。

人は老いて豊饒になる

◉山田太一

山田太一

◉やまだ・たいち

一九三四年東京生まれ。
早稲田大学教育学部卒業。
松竹助監督を経て、フリーの脚本家になる。
八二年芸術選奨文部大臣賞、八五年菊池寛賞、八八年山本周五郎賞、
九一年毎日映画コンクール・日本アカデミー賞脚本賞、
九二年毎日芸術賞など。
主な作品に、テレビドラマ「岸辺のアルバム」
「ふぞろいの林檎たち」、映画『少年時代』、小説『見えない暗闇』
『異人たちとの夏』『飛ぶ夢をしばらく見ない』『空也上人がいた』、
戯曲『日本の面影』ほか。

貧乏と年は知らぬ間に寄ってくる

山田　年をとると、ものを見る目とかが成熟してくる側面ももちろんあるでしょうけど、体はくたびれてくるし、なんか熱がなくなるというんですかね。物事に対する情熱のかたちとか考え方がいつの間にか変わってくる。このごろ、そんなふうなことを感じるんですけれどもね。

田辺　それはありますね。自分でも気がつかないうちにだんだんちょっとずつズレていって、これがよう考えると、年をとってることと関係があるんですね。

だいぶ前の新聞の投書に、あるおばあちゃんの至言に「貧乏と年は知らん間に寄るから気をつけなくちゃいけない」というのがあったんです。私がまだシャカリキになって仕事をしていた頃は、人から「今度、テレビに出なさいと言われているんだけれど、どうしよう」なんて相談を受けると、即座に「出たらいいじゃないの」なんて言ってた。でも、最近は「そんな忙しい思いすることあらへん」「出る人、ようけいてはるんやからやめとき」とか言ってる。これはやっぱり「貧乏と年は知らん間に寄っている」ということですね（笑）。
私自身、すぐ「いち抜けた」と言いたくなっちゃう。「誰か他の人にしてもらってください」とかね。でも、これはこれで、非常にいいことだと思いますけどね。
山田　僕もいいことだと思いますよ。そのへんの虚《むな》しさみたいなものに、いいかげん年齢を重ねてまだ気がつかないでいるというのも、どうもね（笑）。
田辺　この年で気がついてないということもまだたくさんあると思うし、これでもうちょっと年がいくと、なんとまあ、六十代というのは本当に間が抜けた世代だったなと思うのかもしれないですけど（笑）。
山田　「末期《まつご》の眼」という言葉がありますね。何をしても虚しいというような。僕はだんだんああなっていくんじゃないかと、なにか怖い気もしますけどね。
田辺　それは人間としていいんじゃありません？　だから、なんでもこう、許せますでしょう。人がなんか腹の立つこととか、見ちゃいられないようなことをしてても「しょうがないな、あれはあんな人なんだから」「私だって、あの年頃だったらそうだった」と、すぐ思えてしまう。これ、たぶん、自然の防御本能みたいなものなんでしょうけれどもね、生きやすいための。だから、それでいいのかもしれない。ただ、小説書く時に困るんですよね。こんなに人間ができちゃうと（笑）。

山田　そうでしょうね。僕、田辺さんのご本を読んでいると、ああ、人間についてこんなに知っちゃったらどうなんだろうと思いますもん。つまり、この人はキライとか、この人は断罪するとか、そういうことができなくなっちゃうだろうなと。

田辺　悪人が書けないですね。善人ばっかり出てきちゃうんですよ。

山田　あと、何かに対して意見を持つということが、だんだん年齢を重ねると難しくなってくるような気がしますね。何かに怒るとかいっても、いや、相手の身になればわかるなとか、そうなってくると、だんだん意見というものがなくなってくる。「意見を言ってください」とか言われて、よく考えてみると、意見がない（笑）。

田辺　私、前はね、意見がないなんて恥だ、ここは一家言入れないといけないとか、そう思っていたわけ。でも、今は意見なんかなくたってええやないかと。それこそいち抜けたで、意見を求められても「他にしゃべる人いますよ」とかね。困りますね、これは（笑）。

山田　田辺さんは「違いがわかるうちはまだダメだ」とお書きになっていたけど、本当にそうですね。年をとると、だんだん違いがわからなくなってくる（笑）。

田辺　それに、笑いたくなりません？　何か深刻な顔で「違いがわかる」なんて言っているのを見ると、そんな大げさに言うことあらへんやないかって。

山田　田辺さんのおっしゃる「まあ、なんでもええやないか」という感じが、だんだん自分のなかにも出てきたんで、不思議な気がしますけど。これでも、昔はやたら怒りっぽくて、すぐ抗議したりしていたんですよ。

田辺　山田さんでもそうですか。

山田　ええ。子どもが小さい頃、一緒に旅行なんかに行きますでしょう。そしたら、娘たちが、「パパは、いつも誰かに怒ってるね」って（笑）。

田辺　駅員さんを怒鳴ったり？

山田　ワンマンバスができたばかりの頃ですけど、家族で小田原まで行ったんですよ。そうすると、料金表があって、バス停にとまるたびに運賃の表示が変わっていくわけですね。だから、着いてみるまで料金がわからない。それで、降りる時に「釣り銭なきように」と言うんですよ。「釣り銭がいるんだ」と言ったら、「営業所でくずしてきてくれ」って。ところが、その営業所まで結構遠いんですよ。おまけに、バスの中に「待遇改善のためのストライキをやる」っていう張り紙なんかを目にしたもんだから、「自分たちはストライキなんかやって、客のことをなんだと思っているんだ！」（笑）。

田辺　今の温和な山田さんからは想像できへん。

山田　いや、あの頃はしょっちゅう怒っていたんですよ。でも、それがだんだん怒れなくなってきた。年齢というのはそういうものなんですね。これ、一市民としてはよくないいんじゃないかと思ったりしますけど。

田辺　男の人って不条理を感じると怒るんですよね。でも、私はそういう発散したことなくて、「まあ、いいか」なんて、はかなく笑ったりして（笑）、身内でくすぶったまんま年をとってしまったって感じかな。時に怒り狂うこともあったけど、どうせ言ってもしょうがないなとか押さえつけているうちに、いまや押さえつけなくてもホントに怒れなくなってしまった（笑）。

山田　最近、ちょっと家を直したんですけど、請け負った会社が行き届かないんですよ。でも、現場で忙しくしているのを見ていると、なんか怒れなくなってしまう。まあ、我慢すればいいやと。そしたら、女房に「なんで怒らないんだ」なんて怒られて（笑）。

田辺　あのね、うちの男の子二人は、昭和四十年代の半ばの学園紛争たけなわの頃、「中核派」に出入りしてましてね。この時は、どう意見しても言うことを聞かないし、自分の思うようにならない。だから、私も主人も怒り狂ってたんですよ。今、考えてみると、あれが最後の打ち上げ花火だったのかな。あれからあんまり真剣に怒ったことなんてないですものね。

山田 怒らなくなった分、哀《かな》しみみたいなものが底流にありませんか。

田辺 私は、笑っちゃうことのほうが多い（笑）。

山田 そうありたいんだけど、僕は、なんていうか、いつ嗚咽《おえつ》が込みあげてきても不思議はないというような、嗚咽というとちょっと大げさですが、なんだかもの哀しいような、これ、うつ病なのかなあ（笑）。

「四十にして迷い始める」

山田 うちに柴犬がいるんですけども、なぜかこの夏は、夜が明けると、クンクンいって「散歩させろ」とせがむんですよ。今まではそんなことなかったんですが、仕方がないから、一度、五時に起きて犬と散歩して、それからまた寝たりしていたんですけど。

田辺 どのくらいの？　ちっちゃいんですか。

山田 もう大きいんですよ。十歳以上ですから。

田辺　もう高齢ですね。それこそ（笑）。

山田　それで、気がついたんですけど、この朝の五時から七時くらいまでの間っていうのは、お年寄りが散歩をしていたり、ラジオ体操をしていたりで、お年寄りの天国なんですね。顔を合わせると、知らない人でも「おはようございます」と挨拶《あいさつ》したりして。きっと、中年の頃は相当悪辣《あくらつ》なことをした人もいるだろうけれど（笑）、今はみんな非常にやさしくなっている。それから、通勤の人とか学生たちが現れるわけですけど、そこに全然違う別の世界がある感じなんですよ。で、公園の隅で一人黙々と菊を植えているおばあちゃんなんかがいて、僕も言葉を交わしたりしたんですけど、そういうことができるというのは、やっぱり老境のよさだなと思いますよね。僕はまだそこまでの境地には達してない。

田辺　でもね、ものを書くのを仕事にしていると、あんまり生臭さが抜けてしまうというのも困りますよね。

山田　困りますね（笑）。ただ、老人というのは、そんなふうにいろんなことがわかってきている分だけ、我慢しなきゃならないでしょ。そうすると、それが急にどっかで爆発するとか、何かの情熱にいきなり身を委ねてしまうとか、そういう老人も出てくるんじゃないですかね。

田辺　それが恋愛に出てきて、「老いらくの恋」に走る人とかね、いるでしょうね。

山田　女性の年齢というのも、自分がだんだん年をとるにつれて、許せる年齢がどんどん上がっていく。そういう実感があって、これは面白いものだなと思いますね。三十歳ぐらいの時に、五十歳の女性と聞いたら、もう完全に「恋愛、終わり」という感じでいたけれども、今はまだまだというふうに思いますから（笑）。

田辺　また、今の人は綺麗《きれい》ですものね。

山田　この間、あるところで、高木東六さん（作曲家。二〇〇六年逝去）と隣り合わせましたら、八十四歳でしたか、それくらいにおなりなんですね。その高木さんが「アナタ、今は年齢から二十引くんだ、二十！」っておっしゃって（笑）。いや、急に二十引けたらうれしいなと思いましたけど、たしかに浅ましさも含めて、老人も若くなりましたね。

田辺　昔は、本当に五十四、五ぐらいから「老婆、交通事故死」なんて書かれてましたからね。

山田　うっかり死ねない（笑）。

田辺　古典の世界なんかに登場する女性たちは、それこそ四十になったらおばあさんですよ。『枕草子』でしたか、「人に知られぬもの……女親《めおや》の老いにたる」ってありますけど、お姫さまでさえもともと人前には出ないのに、老いた女親になると、本当に几帳《きちょう》の奥に隠れてしまって、生きているのか死んでいるのかわからないという感じでしょう。だから、女は子どもがまだ小さくて、男の人が通ってくるまでが花で、老いてからの人生はなかった。その点、今の五十代は本当に若い。みずみずしいですよ。それと、個人差が激しくなりましたね。

山田　放っておけば、老年期というのは、味気ない部分がだんだん増えてきてしまうわけですから、なにか味気なくないものを探すというか、見方を手に入れる。そこで個人差が出てくるんでしょうね。その意味では、個人個人の器量が非常に問われる時なんじゃないですか。

田辺　何もお手本がないから難しいですね、これからの年のとり方は。百人いれば百通りで、一人ずつひどく違うから、この人をお手本にというわけにはいかない。本に書かれたものやテレビで見たりしたものを参考にするのはいいんだけれど、それは、その人の長いキャリアがあってそうなったんですから、私もしてみようとやってみたって、その通りにはいかないいんだし。

山田　個人の積み重ねがあって、初めてそうなるんですね。そこが青年期とは違うところですね。

田辺　でも、こうしなくちゃいけないというものがないというのは、半面、いいことかもしれないですけど。

山田　昔は「四十にして惑わず」と言いましたが、今は「四十にして迷い始める」と言いますよね。

田辺　四十代というのは大変ですものね。おすぎさんとピーコさんがね、「私たちは何したっていいのよ。だから、すごく楽だわ」って笑うんですよ。何しても「許して、だってオカマだもん」と言えばいいって（笑）。それと同じで三十代は「まだ三十ですもの」で許されるようなところがありますけど、四十からはその後の老い方にも関係してくるし、大変だと思いますね。

私の四十は、男の子二人が、学園紛争なんかに首をつっこんで、ろくに家にも帰ってこないしで、七転八倒でしたからね。当時はとても「四十にして惑わず」どころじゃなかった。おかげで私の更年期なんかどっかにふっ飛んじゃいましたよ（笑）。

山田　「四十にして惑わず」というのは、ありうべき理想ではなくて、ライフサイクルを言うんだと、何かで読んだんですけどね。ですから、今ならそれに二十足して「六十にして惑わず」で、その年齢になれば頭がよかろうと悪かろうと、意志的であろうとなかろうと否応なく惑わなくなると、そういうことらしいですよ。

田辺　今だったら、二十を足すというのが正しいかもわかりませんね。精神的にも肉体的にも。

山田　足さないとちょっとね。四十じゃ、いくらなんでもまだ滅茶苦茶《めちゃくちゃ》ですから。

田辺　四十だと、お子さんがまだ小さい方もいらっしゃるし、大変ですよね。

うちの子なんか出来が悪かったから、それで主人と私でつくった標語が「子を持って知る人のエラサ」というんです（笑）。私、それまではよその若い人のことを「えっ、なに、あんなにとろいのに、あれで京大？」なんてよく言ってたのに（笑）、子どもを持ってみると、いや、京大の人はエライ、子を持って知る人のエラサって、つくづく思っちゃった。不出来な子を持つとね、人間がずいぶん変わってきますよ。その点、エライお子さんを持ってる人は、世の中の半分しかわからないんじゃないかしら（笑）。

山田　独りのうちは別ですけど、子どもを持つと、人に迷惑かけないで生きていくことなんかできないと思い知りますね。隣近所の奥さんに「すみません、ちょっと預かってくださいい」から始まって、いろいろお願いしたり。あれは本当に周りがいないとダメですね。

の子どもが小さい時が、人間、ひとつの区切りでしょうね。

田辺　それから、子どもの不出来さがつくづくと身にしみた時（笑）。あとは、その子どもが手から離れた時がひと区切りで、世の中の見方がまた変わりますね。

夫婦の波長

山田　このごろ、年をとってから外国に行って暮らす方がいらっしゃいますよね。あれが僕には驚きというか。若い人はいいですけれども、定年後に行かれるでしょう。あれは育った土地で人格が形成されるという怖さみたいなものに対して、ちょっと無鉄砲じゃないかって気持ちがどうもしちゃうんですよ。

田辺　そうですね。ただ、人によっては「前世はここの人間だった」って思えるぐらいにスッと溶け込める人もあるかもしれませんね。たとえば、イーデス・ハンソンさんはちゃんと日本に同化なさって、今は田舎に住んでいらっしゃるでしょ。それも、モンペなんか愛用なさって、土着というとヘンだけど、根づいていらっしゃる。彼女なんか見てると、こういう人もいるんだなって感心しますけどね。

山田　たしかに一般論にしてはいけないですね。

田辺　でも、やっぱり怖いですね、よその土地って。とくに老年期というのは、今までの人生の蓄積が出る時ですから、まるで違う風土の中で暮らすというのはね、私はちょっとどうかなと思ったりする。

山田　土地の値段が安いし、大きな家に住めるという魅力はあるんだけど、どうなんでしょうね。

田辺　同じよそ者でも、若い人とか、女の人とかは入り込みやすいみたいですね。その土地で、結構、ボーイフレンドつくったりなんかして。

山田　そういえば、僕の言ったのは全部男のぼやきですね。たしかに女性はすごい、強いですよ（笑）。

田辺　それに日本の女の人は若く見えますでしょ。五十くらいでも、向こうに行くと、三十代に見られて、結構、男性に口説かれたりなんかしてね。楽しい老春を謳歌《おうか》していると いうのがあるみたいですよ。

山田　白人の世界というのは、本当に二十引いてくれますよね。こっちから言わなくても（笑）。それから、外国の年配の人はよくご夫婦で旅をしますけど、日本もだんだんそうなってきましたよね。

田辺　このごろ、多いですよ。この間も、小樽へ行ったんですが、あそこの運河沿いなんか、若い女の子ばっかりかと思ったら、熟年のご夫婦が多くてね。で、旅行者がお昼ご飯食べる店なんかに行っても、お二人でイクラ丼なんか食べてらしたりして（笑）。

山田　やっぱり先行きが長くなってきたから、夫婦のことを真剣に考え出した、その表れなんでしょうね。

田辺　一番お留守な部分でしたよね、日本文化のなかでは。「男と女」という関係もなかったけれど、「夫婦」というのはましてやなかった。家族構成のメンバーというだけで、そこで交わされるのは会話なんていうものじゃなくて、あれは業務連絡ですよね（笑）。

山田　丸ごとの存在として相手を意識しないというのかな、なんかいろんな不可解な部分を秘めた、手に負えない他者が自分の妻なんだとは気づかない。そのへんかなり遅くなってから男は気がつくんじゃないですか。

田辺　男の方って、結構、会社ではユーモアのある会話を交わしていらっしゃるでしょ。上司とか得意先なんかには「いやあ」なんてお愛想言ったりして（笑）。なのに、家で奥さんにそれをおっしゃらないからつまんないですよね。

まあ、家に帰ってまで、そんなことしてられまへんとおっしゃるかもしれないけど。

山田　男も「フロ・メシ・ネル」以外のことを言いたいんだけども、その材料がないんでしょうね。

田辺　うちのおっちゃんも、自分からしゃべらないから、私がいつもいろいろしゃべる。そうすると、話がつまんない時は「つまらない話ばっかりするな」なんて言うの。じゃ、つまる話をそっちがしてよ、と言うわけ（笑）。

山田　老後というか、子どもが大きくなってから、夫婦で趣味を一緒にしようといっても無理ですね。趣味というのは非常に個人的なものですから。どっちかが無理して付き合わない限りダメで、同じものが好きという夫婦がいたら素晴らしいと思うけども、展覧会に行こうといっても、女房と僕の見たいものが違うんですよ。同じところへ行ったとしても、ひとつの絵の前で立ち止まっている時間も違う。僕が「いい絵だな」と思っても、向こうはそう思ってないし、こっちが次へ行こうと思うと、今度はいつまでもじっと動かない（笑）。

田辺　でも、相手が立ち止まっている絵によって、ははん、こいつはこういう傾向のものが好きなのかとか、そういう発見もいろいろありますけど。

山田　それはありますけどね。たとえば、クラシック音楽なんかになると、いい曲ほど最初はとっつきが悪かったりしますよね。マントヴァーニをぼんやり聞いているというようなわけにはいかない。何度か聞いているうちに、ハッと波長が合って、いいなと。それで、いいぞって女房に聞かせても、そこまでのプロセスがないから全然ダメ。急に掃除を始めてみたりして（笑）。

田辺　そこは積み重ねが違うから。

山田　難しいものだなと思いますね。映画でも小説でもそうだと思うけど、いいものほど集中していないと、緊張がないと、味がわからない。ちょっと触れるだけじゃ、そういうものは気晴らしにならなくて、むしろうるさく感じるほうが多いでしょ。だから、お互いの波長がぴったり合うというのは、もう至難のわざですね。

田辺　ですけど、趣味は違ったほうがいいかもわかりません、かえって。

山田　ええ。「違ったほうがいい」と考えないと、僕は参っちゃうと思うな。

田辺　そうですよ。まれに合う人もいるであろうが、もともと違うもんだと（笑）。

でも、これだけは合わないと夫婦生活を続けていけないというのは、これはいいこと悪いこととというような価値観でしょうね。そのへんはなにか芯になる価値観が一緒じゃなきゃ、やっぱりちょっと暮らせないということがありますね。

山田　価値観が一緒じゃないとね、日々、相手から裁かれている感じもあるし（笑）。

田辺　ただ、一緒に暮らしていると、食べ物なんかの嗜好《しこう》はだんだん似てきますね。

山田　それもやっぱり積み重ねがあるんですね。

田辺　「からいわね」「からいな」とか（笑）。

山田　両方が同時に同じことを言ったりして。それはやっぱり夫婦の財産ですね。実際、何か食べに行こうという時は波長がぴったり合う。だから、食べるというのが最も夫婦の接点になるのかもしれない。あ、もうひとつあるけれど（笑）。

　でも、僕は本当にいいと思うものは女房とは行けないですよ。つまんないとか言われると、すごくがっかりしてしまう（笑）。その時は「なんにも言うな、オレは感動しているんだから」と先に言っちゃう（笑）。

田辺　感動とかいうのは、きわめて個人的なものですね。私も、小説や映画のすごく面白かった感動をおっちゃんに伝えようとして、一所懸命しゃべっても、「かいつまんで言え」。会議じゃない、っていうの。そんなもの、かいつまんで言ったら全然つまらない（笑）。

人間は認められたい動物

田辺　最近、ご主人さま方は、奥さんがどこかへ行くっていうと、「ワシも連れてけ」「ワシも行く」、それで、「ワシ族」なんて言われているわけでしょ。それから「濡《ぬ》れ落ち葉」ですか。秋の濡れ落ち葉が足にまとわりつくように、いっつも奥さんの後にくっついているって。

山田　これから、おおむねそうなるでしょうね。男のほうがどうしても時間つぶしは下手だし、今まで仕事で紛らしてきたから。

田辺　でも、それは仕事が一番面白いからじゃないですか。私、この年になって見渡してみたら、やっぱり仕事ほど面白いものはないんじゃないかと、男性の表情を見て、そう思うのね（笑）。仕事が苦役だという人もいるかもしれないけど、たくさんの人が集まって、ああでもないこうでもないと言いながら、ノルマを達成する、これは面白いと思いますよ。だから、そこからポッと外されたら、本当にもう存在意義がなくなっちゃう感じがしてつまんないでしょうね。それに代わる面白さというのは、よっぽど強烈なものを持ってこないといけないし、ちょっとないかもしれないですね。

山田　女性も子育てが苦役であったかもしれないけれど、きっと面白かったんじゃないですかね。

田辺　でも、仕事という「禁断の木の実」を食べてしまったら、もうダメじゃないですか。仕事をしている女性で、「本当は家にいたいんだけど」という人は、ほんのひと握りじゃないのかしらね。やっぱり外に出ると、気が紛れるし、みんながそれなりに認めてくれるでしょ。朝のお茶を出しても「ありがとう」という声が返ってきますしね。これが家なら「当たり前やないか」と言われるのがオチで（笑）。やっぱり人間というのは認められたい動物なんですね。

山田　僕、お茶なんか女房に入れてもらったことほとんどないですよ、自分で入れる（笑）。いや、僕はご飯を食べ終わるのが早くて、だから、自分で「はい、お茶、いる人」と言って、注《つ》いでまわる。僕はうちにいますからね、もうずっと濡れ落ち葉でいるんです（笑）。

田辺　結局、人それぞれに、どんなにして、安心立命の境地を手に入れるかということ、それが老いていく方法なんでしょうけど、難しいですね。軌道修正して、軌道修正して生きないといけないから。

「死の何たるか」を考えておく

山田　昔のように死んでからまだ何かがあるというふうに、今の人がそれを幻想じゃなしに信じるというのは、宗教がないと難しいけれども。今、自分が何かすれば、それが死んだあとに報われるとか、幻想というと怒る方もいるでしょうが、そういうものが何かこれから必要になってくるような気がしますね。死ぬということに、なじんでいくというんですかね、そういう感じはいかがですか。

田辺　年を重ねてくると、なんとはなしに、死がなじみますね。いつとなく、なんかこうね、紙が水に濡れるようにだんだんと。それでね、私、四次元の世界みたいなものって、全然関係ないと思っていたの。ところが、だんだん関係ないことないかもしれないと、こう受け入れてくるんですね。

山田　そうですね。なじんでいきますね、少しずつ。

田辺　若くして交通事故に遭うとかね、それはやっぱり周りもつらいし、本人も大変だと思うんです。でも、自然に老いていくなかでは、死というのもあまり怖くないいんじゃないか。錯覚かもしれないけど、だんだんそういうふうになっていきますよね。

山田　年をとるに従って、どうしたって死というのがだんだん大きくなってくる。だから、早めに手を打つ、死と折り合いをつけなきゃなとか思いますね。

田辺　死の何たるか、人間の一生の何たるかというのを、それなりに、自分で考えておくというのはいいかもわからないですね。いろんな本を読むのもいいけど、じっと自分で考えて、そうじゃないのかなというね、そういう時間を持つというのは大事ですね。

旅行に出かけたりしても、若い時なら、「あそこはまた今度来た時に見にいけばいいや」とか思っていたのに、「もう二度と来られないだろうなあ」とかいう感覚がね、いつの間にか本当に薄紙を剝がすようにして強まってきている。これは死に一歩進んでいるのじゃないのかなと思うんですね。でも、決していやな感じじゃない。

若い人だと「いやだな、死ぬなんて思うの」とか言うでしょうけど、この年になるとちっともいやじゃない。むしろ、なんか助かったというような感じなんですよ。

山田　その感じ、僕もよくわかりますね。で、敬老の日になると、テレビが長命の方を映しますけど、ある時、百何歳のおばあちゃんがね、「なんか食べるものがおいしく食べられちゃって困ってしまう。病気もしねえで困ってしまう」って（笑）。あれ、もういい加減に助けてほしいと思いながら生きていらっしゃるんじゃないかなあという気がしましたけど。

田辺　もう亡くなられたけど、日本一のご長命だった徳之島の泉重千代さんね、あの方に円楽さんが会いに行かれた時の話がおかしいの。「どうして、こんなに長生きしたんですか」「焼酎飲んで畑に出てるうちに、こんなに生きちゃった」「おじいさんは、どんな女性が好みのタイプですか」、そしたら、ニコッと笑って「年上がいい」と言ったって（笑）。

山田　巧まずなんですかね。

田辺　巧まずおっしゃるんじゃないですか。私、この泉重千代さんなんかに国民栄誉賞をあげるべきだというのが持論だったんですけどね。

山田　いや、見事ですね。

田辺　もう存在自体がユーモアになっている（笑）。

人生の「あらまほしき」を探して

◉川上弘美

川上弘美

◉かわかみ・ひろみ

一九五八年東京生まれ。お茶の水女子大学理学部卒業。九四年、デビュー作「神様」でパスカル短篇文学新人賞を受賞。九六年「蛇を踏む」で芥川賞、九九年『神様』でドゥマゴ文学賞、紫式部文学賞、二〇〇〇年『溺レる』で伊藤整文学賞、女流文学賞、〇一年『センセイの鞄』で谷崎潤一郎賞、〇七年『真鶴』で芸術選奨文部科学大臣賞を受賞。その他の作品に『龍宮』『光ってみえるもの、あれは』『古道具 中野商店』『ハヅキさんのこと』『風花』『どこから行っても遠い町』『七夜物語』などがある。

目の前の草だけ抜いてたらいい

田辺　（ピンクや白、水色のボンボンをふるまいながら）どうぞ、おつまみください。召し上がりながら、ね。

川上　いただきます。色がきれい！

田辺　知る人ぞ知る、大阪ミナミ・長崎堂のおみやげで、やさしいお味なの。『苺をつぶしながら』という小説にも書いたんです。勝手に「夢色ボンボン」と名づけて……。

川上　『言い寄る』『私的生活』『苺をつぶしながら』の三部作、大好きな小説です。

田辺　三十年以上も前に書いたのに、今でもとっても若い方からお手紙をいただくんです。

川上　綿矢りささんも、お母さまの本棚にあったのを読んだのが最初だったそうですね。その綿矢さんのお母さまと私が同い年らしいんですよ。で、私は、私の母が読んでいたのを読んだ。ですから、世代でいえば三代……。

田辺　長いこと書いてきて、私も『言い寄る』『私的生活』『苺をつぶしながら』の三部作は好きね。私の核みたいなものかもしれない。

川上　主人公の乃里子が年下の恋人・剛《ごう》と結婚するまで、その結婚生活、そして別れて……と三段階の物語になっていますね。

田辺　結局、乃里子は一人で生きていくことを選ぶ。ああいう終わり方って当時では悲劇的な感じだと思うんですが、小説の中の乃里子は傷ついてはいても、淡々としている。あれを書いた時、私はもう中年だったけど、気持ちは若いつもりだった。若かったから、かえって人生の本質が見えたのかなと思ったりする。小説って、やっぱりその年代で書くべかりしことがあるんですね。

川上　田辺先生のエッセイ集『ひよこのひとりごと』の中でも、『おかあさん疲れたよ』という自作を例にとって、年をとるごとに発見があるとおっしゃってますね。小説中の六十代の主人公が人生を振り返った時、若い頃の確信も揺らぎ始め、「他人《ひと》はエライ」と洩《も》らす……。お書きになった六十代の頃の先生ご自身、本当にそう思ってらしたけど、今、読み直すと、「まだ若い人生観やなあ」と。七十過ぎて思うのは、「他人もエライけど、自分もエライ」――とても印象的でした。

田辺　人生の最終目標は自分のエラサがわかるというか、大阪弁で言う「自分で自分の頭を撫《な》でといたらエエやんか」ということね。誰も「エライね」と言ってくれへんかったら、自分で「エライね」と言う。他にもっとやり方があったかもしれないと思うのは若い時の考えであって、もうエエ年になると、「いやぁ、あれ以上のことでけへんかった」（笑）。

川上 「まあ、このくらいだな」という、いい意味での諦めも入ってくるんでしょうか。

田辺 諦めや自慢じゃなくて、「ようやったんちゃうか」と。若い時、綺麗《きれい》な子は綺麗なりに、可愛い子は可愛いなりに、誰もみな悲壮感が漂ってるように見えるのは、自分の持ち上げ方、ヨイショの仕方、騙《だま》し方を知らないからじゃないですか。

川上 ご自身が、そんなふうに自分をあやせるようになったのは……。

田辺 そうね、三十八歳で結婚して「おっちゃん」と一緒にいてたから、その影響も大きいわね。あの人は鹿児島・奄美出身で、これがかなり円転滑脱なタイプだったの。結婚したての頃、私が「ちっとも書かれへん！　家のこと、子どものこと、いろいろせんならんし忙しい。もう仕事でけへん」と、おっちゃんの責任みたいに言うでしょ。そしたらおっちゃん、「できるとこまで書いて、ここまでしかできませんでした、って出したらええやん」。

川上 それ、いいですね！

田辺 大まじめに「続き、その編集者が書いてくれはったらええねん」って、そんなのできるわけないでしょっ（笑）。そんな発想が不思議だった。大阪人も相当に円転滑脱だけど、また質が違う。でも、何でも笑いごとにしてしまうところは似てたの。

川上　そうそう、『愛の幻滅』の中に、中年の男性が言うセリフで「目の前の草だけ抜いてたらええねん」ってありましたよね。

田辺　大阪の人はすぐにそんなん言うの。「全部抜かんならんと思うからしんどいねん」

川上　その言葉を知って以来、私、座右の銘にしております（笑）。

恋愛小説の種は尽きまじ

田辺　私は恋愛小説にはアフォリズム（箴言《しんげん》）が不可欠だと思うのね。川上さんの『夜の公園』を拝読して、ああ、川上さんもやっぱりアフォリズム書いていらっしゃると思った。付箋《ふせん》を挟んどいたのよ。ここ、好きなの。妻・リリの親友である春名と通じている夫・幸夫《ゆきお》について書かれたところ……。ちょっと読みます。

〈幸夫が春名に向かって、「好き」だの「愛している」だのという言葉を使ったことは、ない。言質《げんち》をとられないため、という理由からではない。表だってつきあっている女以外

の女に、好きだの愛しているだのという類の言葉をさしだすことは、下品で卑怯なことだと、幸夫は思っているからである〉

この「下品で卑怯」という言葉が出てくるところ、面白いわぁ。前より小説が苦くなってますね。

川上　どんどん苦くなりますね（笑）。私は、「恋愛小説を書く作家」と言われてきましたけど、自分ではそんなつもりはなく、恋愛とがっぷり四つに組んだのは今回が初めてだと思うんです。

田辺　恋愛に対して詳しく考察されたことが、いっぱい、いっぱい詰まってます。恋愛に関する大切な書だと思いました。

川上　そのお言葉だけで、今日はもう帰ってもいい（笑）。恋愛に詳しいわけではないので、不安だったんです。でも、あんまり知らなくても書けるんですね。

田辺　実地に経験したから書けるというものじゃないでしょう。精神活動がいきいきしていれば、いろんな場面が想像できるし、夢の中ではみんな恋してると思う。とくに物書きなら、その思いがすぐ手に行くから書けるんじゃないですか。書こうと思って書くより、書かずにいられないというか、書いたら恋愛小説になってしまったということがある。あるいは、こんな人がいたら、こういう言い方をするだろうなとか、恋愛小説の種は尽きまじ、ね。

川上　最初、私は幸夫という人を「この男はちょっと憎いぞ」と思いながら書いていたんです。ところが不思議ですね、途中から可哀想になって。書く時には登場人物全員になりきりますから、実生活では男の人に対して「いやだな」とか「もっと何とかしてよ」と思ってますけど、男の気持ちで書くと、「ああ、女はいやだ」と（笑）。そんなことがたくさんあって、書いていて面白かった。

田辺　私が男の気持ちとして一所懸命に書いたのって……あの三部作（『言い寄る』『私的生活』『苺をつぶしながら』）の剛ちゃんかなぁ。

川上　そう、その剛ちゃんのこと、田辺先生、可哀想にならなかったのかと思って。剛ちゃんは傲慢《ごうまん》ではあるけれど、彼にも言い分はいろいろあるんですよ。

田辺　そうねぇ。彼は金持ちのぼんぼんで、自分のことしか考えてなくて、でもそこに可愛さがある。乃里子と結婚したけど、うまくいかなくて別れるでしょう。で、別れる時に乃里子が、お姑さんからいただいたかたみの、象牙の柄の手鏡や桜貝の箱、土耳古《トルコ》石の嵌《はま》った黄金《きん》の指環なんかを、「これ、ほしいわ」と剛ちゃんに言う。すると彼、冷静な顔のまま壊してしまうのね。

川上 そう、みんな割ってしまう。

田辺 私の小説なんか読まないおっちゃんが、なんとあれは読んでいて、「あそこはよかった」「ワシもあの場やったらあないする」と。自分を裏切って去っていくと考えたら、すべてにわたって腹が立つのね。ああ、おっちゃんもそうなのかと思って。

川上 でも、剛ちゃん、私、好きです。

田辺 私もよ。私はいつも「あらまほしき男」を書いているから……。

川上 その「あらまほしき男」が、まだ私は書けなくて。そこがダメなところだと思うんですが、ちょっと照れちゃうんですね。照れて、女も男も最後のところ、ちょっと傷を作っちゃう。これまでの恋愛の義憤をぶつけているのかしら(笑)。でも、いざぶつけて書いてみると、「昔、あの男の人がああ言ったのはしょうがなかったんだ」なんて、今になってわかったりします。

田辺 そういうことはあるわね。

大人になる、ということ

川上　田辺先生の恋愛小説に登場する男性は、剛ちゃんのようなタイプはむしろ珍しくて、うまく女の子をあやしてくれる〝大人〟の男が多いですね。

田辺　そうねえ、私、中年になって結婚したせいか、中年男を書くのにとても興味があった。おっちゃんの友達を観察してると面白かったし。いろいろ書いてきたなかで割合に好きだったのは、中年男と若い女の子の物語。世間智では若い子は中年男にかなわないけど、若さによる賢さみたいなのがあって、それにぶつかった時、中年のほうがびっくりする。

川上　そして若い女の子はすごく成長するんですね。そこが女の立場としては気持ちよくて……。先生が描く男の人は私の理想像でもあるんですけど、現実には「目の前の草だけ抜いてれば」と言ってくれる男の人は少ない気がします。

田辺　それはなかなか選ばれたる男ですよ。それに、よく物事をわかるとなると、やっぱり五十過ぎてからの感懐がないと。

川上　五十過ぎてからかぁ……。

田辺　昔の五十男と違って、今は体も心も若いから、五十代でも一見若げに見える、中身のある素敵な男がいるかもしれない。だけど四十代はまだダメね。今の四十代はそんなに大人じゃないもの。

川上　私を含めて、女も大人じゃない。昨日も三十代の女性記者と話したんですが、「大人になれない」と彼女は悩んでる。じゃあ上司はといえば、彼らも大人になっていなくて、「戦後に生まれた人たちは誰も大人になっていないのでは」と彼女は言うんです。

田辺　それは鋭いご指摘。

川上　大人になれないのを「永遠の少年である」と誇っている男の人もいて。

田辺　誇ってるの？　クサいなあ。

川上　困りますよね。それから、大人になれなくてシマッタと後悔しつつ、やっぱりなれない人……。

田辺　「どないしたら大人になれまんねん」と聞いてくる男なら可愛いけどね（笑）。

大人になるってどういうことかと言うと、たとえば出処進退を一つひとつ説明できたりね。「いやあ、そやけど、こうやから僕はあの時あない言うて……」と説明して、それを皆が聞いて何となく納得する。そういう力、納得させる力があること。これ、いろいろな言葉を知っていることでもありますね。

川上 ちょっと間違っててもいいから、逃げないで説明してくれる。私の好きな『求婚旅行』の平三さんがそうでした。

田辺 平三さん、あれね、商売人の男を書いたんです。商才があって、相手を怒らせないで笑わせて。「そんなんやったら、もういらんわ」と相手が言うのを、「まあまあ、そう言いなはんな」と引き留めて、おいしい話をちょっと言って、次に自分の儲《もう》かる話をたくさんして、アハアハ言ううちに商談がまとまっていく。大坂城ができてから四百年、大阪商人が蓄積し発達させてきた気風、文化ですね。そういう文化が戦後うまく伝わらなかった面はあるかもしれない。ともかく相手を「機嫌ようにしたげよう」という取り回しの能力、

川上 そこには表情もあるし、声色もある。だけどやっぱりまず言葉ありき、ね。

田辺 言葉、ですね。それは商売人でなくとも、一般の人にも言えることで。

相手がムッとしてる時に、「それは、ほれ、あれやけど、ほんまは……」と、あれこれ言うて心をほぐす。そんな能力ね。日本語は多彩だし、地方地方にいろいろな言葉がありますね。そういうものを発掘して言葉遊びを楽しむ。いい気にさせ合い、相手をのぼせさせ、こっちものぼせさせられてしまう、そんなおしゃべり文化、会話文化があるといい

ですね。

川上　自分に「よしよし」「まあ、ええやんか」と言ってやるのでも、そういう会話を楽しんでいれば、わりに自然にできるんでしょう。私なんか人との会話が不得意だし、自分ともできないし、この先、うまく年をとれるか……。

田辺　心に留めておけば、大丈夫ですよ。

実らない恋に人生の深い味がある

川上　『求婚旅行』では、平三さんが再婚した奥さんは、流行作家になる。そのことに不満はないし、機嫌よくやってくれていればいいと思ってる。だけど——。そのあたりの男の気持ち……いいんですよ。

田辺　あれはやさしい男ですからね。

川上　「おっちゃん」はいかがでした？

田辺　おっちゃんなんか、とてもとてもあんなやさしくないから、私が忙しく仕事してたらプーッとむくれます。むくれさすと、あと、戻すのが面倒でね。一所懸命ご機嫌とって。

川上　でも、むくれてくれたほうが実は親切ですよね。むくれてくれないと、奥さんは旦那さんの気持ちをほぐそうと思わず、心の動きにも気づかず、だんだん距離が離れていく。

田辺　ま、おっちゃんは、むくれたのを隠せないほど正直なの。それが奄美男よね。

川上　『求婚旅行』は、じわじわ夫婦がズレていくさまが描かれていて怖い。先生、恋愛小説の中ではすごく怖いですよね。

田辺　そう？　やさしいですよ。男には。ワタクシ（笑）。

川上　こんな怖いこと書いちゃっていいの、っていっつも思うんです。半面、エッセイではとてもやさしい。『ひよこのひとりごと』も温かくて……。

田辺　エッセイは、私の人生の〝細部ダダ漏れ〟などと言って、それでも少し手を加えて、皆さまのお口に供した時、「これは美味しい」となるように書いてます。

川上　小説では、一貫して大人を描いていらっしゃいますね。男も女も「あらまほしき姿」を。一方の私は……大人になれない子どもを書く、のかな。『夜の公園』の登場人物は、みんな大人になりたいのになれない人たち。

田辺　出てくる人たちは三十代半ばでしたね。人間は三十の声を聞いてやっと〝人がましく〟なるんです。人が人たるには、自分の言いたいことを表現するだけじゃダメ。他人の気持ちを察する反射脳みたいなところが育ってないと、人と人の関係は取り結べない。で、三十までは自分のことしか考えなくて、人の気持ちがわかるようになるのは、それ以降のことじゃないでしょうか。

川上　書いていてわかったんですが、恋愛小説はうまくいかなかった恋愛のことしか書いていないですね。まあ、結婚して幸せに年とりました、じゃなかなか小説にはしがたい。となると恋愛小説って敗戦処理の物語で、『夜の公園』でいえば、大人になっていない人たちが敗戦処理をどうやっていくか。

田辺　実らない恋に人生の深い味があるのはどうしようもないし、敗戦の仕方に、われわれ物書きとしては、汲《く》むべき趣がありますから。

川上　一所懸命に敗戦処理をしたあと、この人たちはちょっと大人になったんだなぁと、私も書き終えたあとにしみじみ感じました。先生の三部作の乃里子も、始末をしながら、女一人で生きていきます。

田辺　そして、「自分で自分の頭を撫でなきゃしょうがないんだ」という真理を発見してしまうのね。

川上　今、女の人の生き方は、非常にチョイスが広がっていますね。それがありがたくもあり、怖くもある。

田辺　女は時にはジャンヌ・ダルクみたいなところもなきゃ。そして、女らしさも持たないといけない。やさしい、人を慰める言葉をたくさん知ってなきゃいけないしねぇ……。女の生きる道は難しいわねぇ。

川上　難しいですよ。

田辺　男女同権といっても、男と女の仲というか立場には、どうしても相容《あいい》れないところもあるし、反発を感じることもある。愛情、感情の世界では同権にならないから。でも、男と女、そこをどうするかが楽しみでもあるんですよ。

川上　その「楽しみ」とおっしゃる部分を、小説に書きたいですよね。そしていつかは「あらまほしき」理想の男女を……。

田辺　「あらまほしき」といえば、『苺をつぶしながら』の最後で、「女の幸福は寝た男にお棺を担いでもらうこと」というのが出てくるでしょ。でも今、男のほうが寿命短いからなぁ。男の棺を女が担がなきゃならない。

川上　私なんて、体が大きいし力があるし、重宝されちゃう（笑）。

田辺　私はもう、おっちゃんのを担ぎましたからね。思ったより軽かったな（笑）。

「ぼちぼち」の豊かさ

◉ 小島ゆかり

小島ゆかり

（写真　ご本人提供）

◉こじま・ゆかり

一九五六年愛知県生まれ。早稲田大学文学部卒業。大学在学中の一九七八年にコスモス短歌会に入会、現在選者・編集委員。NHK短歌選者、産経新聞歌壇選者、毎日新聞書評委員、現代歌人協会理事。九七年歌集『ヘブライ暦』で河野愛子賞、二〇〇〇年歌集『希望』で若山牧水賞、〇六年歌集『憂春』で迢空賞を受賞。その他、短歌日記『純白光』、エッセイ集『螢の海』、入門書に『ちびまる子ちゃんの短歌教室』（共著）など。

年齢に応じて読み方も変わる

小島　田辺さんの『残花亭日暦《ざんかていにちれき》』、ご主人の介護から亡くなられるまでが綴《つづ》られた、貴重な一冊、と評判ですね。

田辺　角川書店の雑誌『俳句』の編集長に、「田辺さん、日記を書きませんか」と言われて。私だいたい、日記というのはつけてない。せいぜい、金銭出納簿の横に、「締切り、今日どこそこへ何枚」（笑）とか、そのくらいなんです。そうしたら、「出納簿の横のメモで結構です」って。「忙しい毎日の雰囲気だけで、読む方には、現在の生きるヒントになるかもしれません」なんて、上手におだてられて書きました（笑）。

それが不思議なことに、書いていてしばらくしたら、おっちゃんが病気になっちゃって、たちまち入院して検査。「これはがんじゃない？」と言われて、即、そのままずっと入院で。あごのところのがんで、手術もできないのでどんどん弱っていって。結局、重態になって亡くなりました。お葬式して、一周忌ぐらいで編集部とお約束していた連載の期間がうまく終わっちゃった。不思議なのね。何か、おっちゃんの最期を書かせるために、そんな注文が来たみたいって。

小島　二百数十冊のご著書があるのに、日記というのは初めてですものね。

田辺　私、あんまり私小説は書かないから、皆さんがご覧になって面白かったのかもしれませんけどね。

小島　私、田辺さんの作品のなかで、短編の『うたかた』と、『姥ざかり』シリーズがたいへん好きで。

田辺　あら、うれしいわねえ。

小島　『うたかた』という作品と『姥ざかり』の間の、大きな豊かなところに、他の作品が入るような気がするんですね。

田辺　『うたかた』って、エンターテインメントの雑誌に一番初めに書いたんですね。講談社の『小説現代』がまだ創刊になったばかりのころ、昭和三十九（一九六四）年だったかしら。編集長が、芥川賞を受賞した『感傷旅行《センチメンタル・ジャーニィ》』を読まれて、「もっと気軽に面白いものを書けそうな方だから、一本書いてみてください」とおっしゃって。

小島　あの小説は、チンピラのような青年が、美しい女にふられるというドラマで、ドラマも素敵ですけれど、尼崎、出屋敷の町の描写とか、琵琶湖の地蔵盆の細部の描写も素晴

自宅で原稿用紙に向かう田辺聖子さん（1964年撮影）

らしいなと思ったんです。

田辺　あれは、「身をうたかたとおもふとも うたかたならじわが思ひ」という佐藤春夫の詩が、一連のテーマだったんですけどね。人の心の琴線に触れるこの詩を大事にして、物語を組み立てるのに、一番そこから遠い、汚い騒々しい、庶民の町を舞台にして、ヤーさんの手下みたいな子が、その詩に対して持っている純粋な、綺麗《きれい》な心……。そういうのを書きたくて。自分でも、今でも好きよ、やっぱり。

小島　『二階のおっちゃん』も大好きです。二階に間借りしていた若い男に妻をとられる男の話で、切ないんですけれど、何度も読み直すと、だんだん、細かい、若い時には気がつかなかったようなことに改めて気がついた作品でした。

田辺　それはとってもうれしい読み手のお言葉。でも、ほんとね、やっぱり年齢に応じて、ということがありますね。若手の男性だったら、『二階のおっちゃん』なんか、「あんなんどこがよろしゅうおまんねん」と言うでしょうね（笑）。年配の編集者の方なんかは、「僕は、あれ、好きですね」とおっしゃってくださるわ。

夫婦げんかした時の逃げ道

小島　『姥ざかり』シリーズ（優雅な一人暮らしを満喫している歌子さんを主人公に描いたシリーズで、『姥ざかり』『姥ときめき』『姥うかれ』『姥勝手』の四作品）は、最初に読んだ時、こんな面白い小説があるのかと思うぐらい、笑って笑って、次、いつ出るのいつ出るのって、うちは家族中で待っていて読んだんです。七十代の歌子さんが主人公ですが、長男の嫁、次男の嫁、三男の嫁、少しずつ私の中にもその要素があって、それがとても面白かったです。

田辺　七十代の女を書いてますけれど、私、最初にあれを書いた頃は五十代だったんじゃないかしら。かえって自分がその年代に近づくと、書けなくなっちゃう。先の年代を思いやって、いろいろああかこうかと思っているのが、八十近くになりますと、あらゆる人を許してしまうのね（笑）。嫁に対して腹立つことも、その腹立ち加減が五十代だったらエネルギーになるわけ。七十過ぎると、それに対していちいち反応しないの。「あの人はああいう人なんだからしょうがない」と思ったり。やっぱり仏さんに近づくのかしら（笑）。

小島　また逆に、あの作品を読んだことで、母も姑も、もしかしたらこんなことをちらっと心で思ったかな、という感じがしましたね。それから、中年のおじさんの存在感もすごいと思うんですよね。どうしてあんなにわかるんですか、男の気持ちが。

田辺　物書きになると、半分男の目になるんで。それと、やっぱりおっちゃんがそばにいると、初めは全然わからないから、怒ったり、けんかになったり。向こうは相手にしませんけどね。大人と子どもという感じで。でも、そんなんしているうちに、だんだんと同調するようになってきて、だから男の気持ちもわかってくるのね。

私は若い頃に、子どもたちが言うこと聞かないと、しゃかりきになって怒ったりしてました。それに彼にも、「もっとパパ、怒ってよ」って。私が怒っている時に、後ろから応援してくれって。でもおっちゃんに言わせると、「しゃあないやん、ああいう生まれつきやねん」って（笑）。

小島　田辺ワールドの中で、私の好きなキーワードもそれです。「しゃあないやん」

田辺　他にもよく書くのは、「ま、こんなトコやな」。うちのおっちゃんもよく言いました。おっちゃんの弟が、大学の医学部で勉強していた時、外科の先生が手術をなさるんだけど、必ず最後に、偉い偉いその先生が、「ま、こんなトコやな」と（笑）。

小島　喜んでいいのかどうか。

田辺　おかしくて、おかしくて。でも、それ、おっちゃんの常套句《じょうとうく》やったわ。男の子たちが学生運動ばっかりやっていた頃、私があんまり「怒ってくれ」と言うから、おっちゃんが子どもたちに、「勉強するならする。運動するならする。それから働きに行くのもよし。何でもええねん。何も強制せえへんさかい」って、まあちょっと頑張って叱ってくれてね。ところが最後に、「ま、こんなトコやな」と言うもんだから、子どもら、やっとお小言済んで、「わーい」とすぐ散っていって、何にも役に立たない（笑）。

でも、人生って、その辺のところで、楽したほうがいいかもしれないわね。一所懸命になっても、相手に「ま、こんなトコやな」と言われたら、一遍に肩の力が抜けるでしょう。

小島　ええ。逃げ道がある、という感じですね。私の母も、ちょうど田辺さんと同世代なんですけれども、結婚する時に、何もとくにこれということは言わなかったですけど、ひとつだけ、「夫婦げんかした時に、相手の逃げ道はつくらなきゃいけない」ということは言ったんですね。追い詰めちゃいけないって。

田辺 それが大人の知恵ね。

小島 最初はよくわからなかったですけれど、二十年ぐらい経って、最近、ようやく。これを言ったら逃げ道が、自分も相手もないから言わないでおこう、とかいうのがちょっとずつわかってきました。

田辺 せっかくいいお言葉をいただいて、教えてもらっていても、なかなかそれ自体が、若い時はわからなくてね。

小島 後で「ああっ」と気づくんですね。

田辺 そう。思い当たる、というのが多いのね、人生って。だから、小説というのは、思い当たったことを書いているわけですね。中年からはとくに、思い当たることが多いから。

小島 田辺さんは人間の温かい面だけでなく、その裏にある、冷たい面、自己中心的な面というのを、きちんと書かれていて、それがあるために、逆に心が温かくなるんです。温かいほうばかりですと、読者としては、自分の中の暗闇が置き去りにされてしまうと思うんですよね。

田辺 それが夫と妻の間柄だと、賢い女の人は、自分のいやらしさも、相手の嘘《うそ》つき加減もすっかりわかるから、めでたしめでたし、という結末にはならないですね。別れてしまったりする。『私的生活』もそうだし。でもそれは、ひとつの彼女の成長でもあるわけね。

小島 『あんたが大将』の栄子さんもすごく成長して、面白いですね。最初は田舎弁で、何もかも夫の言うとおりだった妻が、ブティックに勤めてから、だんだん自立していって、綺麗になっていく。

田辺 そういうふうに、変わっていく人間の面白さというのが、永遠の小説の命題ですね。

人生の花火

小島 田辺さんには、長編・短編小説、エッセイ、評伝、古典など、といろいろなジャンルの作品がありますが、一番仕事として面白いのは、何ですか。

田辺 それはやっぱり、短編でしょうね。短編がうまく、考えているところのつぼにはまったら、「ヤッター！」という感じになるから。

小島 ご自分でお好きな短編はなんですか。

田辺　『雪の降るまで』というの。

小島　とてもエロティックですよね。

田辺　そうなんですよね。あれはやっぱり、若い時には書けなかったな、と。私はなんとなく、人生の花火というのがあると思っていて、私の場合、短編の花火は大変なことで、ものすごいものを凝縮して、あっという間に書いてまとめるから、もう体力がないだろうな、と思うのね。短編のほうが、すごく体力、気力がいりますからね。

小島　そういうものなんですか。

田辺　才力もいるし。長編は、日々書きつないでいくと、いつの間にか一冊分になるということがあるけれど。

小島　田辺さんは短編を、今までに、どれぐらいお書きになられているんですか。

田辺　数えきれないの。「五百四十までは数えましたけど」と言われた。

小島　五百四十！　連載を何本も抱えていらした四十代などは、それこそ想像を絶するお忙しさだったでしょうね。四人もお子さんのあるご主人と結婚されたんですものね。かなり書くのに悪い環境だったのに、どんなきっかけで結婚なさったんですか。

田辺　そうね。だから私、いやだいやだって言ったんだけど、「酒、一緒に飲めるやないか」って（笑）。

小島　最初は別居なさっていらした。

田辺　初めはね。でも、どうしても向こうの家に行けなくなっちゃったの。締め切りにつぐ締め切りで。『婦人公論』だったか、取材に来て、「サルトルとボーヴォワールのまねをなさっている」って（笑）。「そんな大層なもんではございませんけど」と言って。

これは新聞でしたけど、「別居結婚」というのがぱっと出ちゃったものだから、取材に来た記者の方が、「田辺さん、ちょっと、草花に水まいてください」と言われるから、まいていたの。その写真を撮られて、新聞に出たのを見ると「離れ住む夫をしのびつつ」なんて。「何、これ？」って（笑）。もう、それでうっとうしくなってきて、神戸の山手の異人館が売りに出ていたのを、おっちゃんが買って、そこで落ち合う、という生活をしてました。

でもそのうちに、私の仕事を、医者だった彼の診療所の裏手の家に少しずつ持っていって、私の便利のいいように部屋をつくってもらいました。ガラス屋さんにガラスを入れてもらった時、「いくらですか」と財布を出したら、「何も看護婦さんが払うことないがな。ここの先生からもらうよってに」って（笑）。住み込みの看護婦さんと思われて。

小島　ご主人の、亡くなられた前の奥さま（川野彰子さん）も作家でいらしたんですよね。

田辺　この人は、『小説新潮』にずっと書いてはったのね。もう、プロの作家で、とてもいい作品でした。私が芥川賞の候補だった時に、彼女も直木賞の候補だったんです。

小島　その方のお子さんがたを、お仕事しながらお育てになった。

田辺　朝は忙しかったわね。おかしいの。一番下のミッコという、小学二年生の子が、いつもパン一枚、自分で焼くのね。トーストがぽっと出てくるのがうれしくて、バターぬって、片方がはちみつで片方がジャム、きれいにぬって、あんぐりして食べようとしていたところ、背の高い兄ちゃんが立っていて、上からしゅっと取って。わーんと泣くやら（笑）。

小島　毎朝が嵐のようですね。

田辺　家も、昔は二階を入院患者の病室にしていたから、廊下の両側に個室がずらーっと並んでいて、舅・姑、義弟、子どもたちと皆それぞれに部屋に入っていて。藤本義一さんに言わせると、「ナベちゃんの家族はみんなが入院してはるわけやな」と（笑）。そんな感じで。

小島　夜は、お酒飲まれたんですか。

田辺　すごく皆、飲むんです。義弟もまだ学生やったから、入り口ののれん、頭でかき分けて、「飲ましてくれまっか」なんて。「いいわよ、いらっしゃい。ちょうど今始めたところ」「ちょっとおりまんねん」って、後ろに三、四人連れてて（笑）。楽しかったー。

小島　人間がわいわいいる中から、いろんなものを見てこられたんですね。

田辺　だいたい、私の生家がそうだった。いっぱい人がいて、上も下も人だらけですね。で、いつも笑っていましたからね。

大阪弁ならではの効用

小島　田辺さんの小説の登場人物は、大阪弁だからこそ、人格も大阪弁ならではの人格のような気がするんですけれど。

田辺　私は、生まれたところで育って、周りも大阪弁の人ばっかりだし、これにどっぷり浸って、全然東京弁の小説書く気はなかったのね。大阪人で一番おかしいのは、「何々したれや」と言うのね。自分のことを言うのに、人のことみたいに言うでしょう。一所懸命口説いても、一向に言うことを聞いてくれへん女の子に、「ちょっとこっちのほうも向いたれや」と。友達のこと頼んでるみたいだけど、自分のことなのね。そういう、一拍おいたものの考え方をしながら、こっちのほうを向かせる、そういう精神技術というのか、発想というのが面白い。

小島　私は、小さい時から漫才や落語が好きなタイプでしたけれど、漫才なんかは大阪弁に限りますよね。間合いといい、今の「したれや」とか、変てこな言葉が入ってくるのがとっても面白いです。俳句の人がよく言うんです。自分を戯画化できるということは、すごく大人だと。

田辺　自分のことを笑うというのは、土地の持っている性質、地霊というのかな、それもあると思いますよ。岸本水府《きしもとすいふ》さんの川柳が好きで、『道頓堀の雨に別れて以来なり』で書きましたけど、その先生の句に「両方が自転車降りてあきまへん」というのがあるの。「景気どないですか」。両方とも「あきまへん」（笑）。

今のけっこう若い世代の男の人たちでも、「景気どないです」と言われて、「グリコの看板です」って。お手上げということでね。で、一方が、「グリコの看板やったらまだ片方地に足がついてますやろ、うちは両足曲がってるわ」「そしたらこけるやないか」「こけとんねん」（笑）。ただで漫才聞いているみたいね。

小島　最後に笑って終われるというのは、とてもいいですよね。さっきの、「追い詰めない」ということでもあるし。田辺さんは、漫才の台本もお書きになったら面白いだろうな、と思います。

田辺　漫才の台本も書いたことありますよ。吉本さんの、新人の人たちの練習用にね。でも、とてもとても商売になるほどのことは書けなかった。

あれ、誰でしたっけ。「月給安いから、上げておくんなはれ」と社長室へ行った若手の芸人がいて、「もし上げてくれへんのやったら、ここから飛び降りる」。社長、「降りたらええがな。そんなん言うてきたの、おまえで三人めや」言うて（笑）。

小島　えーっ。

田辺　「やめるのかいな、飛び降りるのかいな、どないすんねん」「やめます」言うて（笑）。平気でそんなことやってる会社やからね。少々のことでは笑うてもらわれへん（笑）。

小島　田辺さんの小説の中に出てくる男の子たちも独特な魅力がありますけれど、今は、おじさんと、年下の男性と、どちらに魅力を感じますか。

田辺　そうね、あんまり若い子とは付き合いないし、やっぱりうちに飲みに来たりするのは、中年・初老の男かな。暇やねんね。「女にすたりもんなし」というでしょう。女はよれよれのおばあちゃんでも、昔だったらおむつ畳むとか、新聞取ってきて広げるとかいうことはあるけど、男はしょうがおまへん。だからよくうちへ来て、飲んだりしている（笑）。

小島 それはそうですね。うちの父も、しょうがおまへん人でした（笑）。

田辺 でもね、この前、仕事でお写真撮られるのに、戎橋《えびすばし》の上で待ってたのね。カメラマンが、助手と一緒にちょっと離れたところにいらっしゃるの。私は立ってるところを写されてたから、私一人みたいに見えるわけね。そしたら、茶髪の兄ちゃんが来てね、「オバン、オバン。小説家のオバンやろ」。知っとんねん、私の顔。「誰待ってんねん、けえへん、けえへんて。おれと行こ」って（笑）。

小島 すごい！

田辺 「いやあ、行きたい」と思ったけど（笑）、カメラマンと助手の方が、「何かありましたかーっ」と、びっくりして飛んで来られた。でもその男の子、平然としてね。「ああ、オバン、連れおったん？ こら、はばかりさん」って。

小島 「はばかりさん」って、いい言葉ですね。

田辺　もう、いかにも街のあんちゃんが言う言葉。「すんまへん」の代わりね。
小島　それは大阪人の発想ですね。東京の男の子はそういうことはしないですね。
田辺　そうでしょう。でも、だめでもともとやと。ひょっとしてお茶でもおごらしてやろか、と(笑)。
小島　そうしたら、話題の人になりますよね。
田辺　「オバン、名刺持っとる?」「何すんねん」「自慢したろ思って」。私もあげたりして(笑)。ちゃんとした家庭に育った子やったら、そんなことは言いませんよね。きちんと礼儀正しく、「すいません、もしかして田辺先生ですか」と言うでしょう。でも、ちょっと「品下《しなくだ》れる」子で、ぼしゃってない元気な子やったら、「オバン、オバン」と言う。
友達に、「こまされかけたんよ」って自慢したら、「そんなんで喜んでるやつあるかい。おまえ、年とった証拠や」と(笑)。でもおかしいでしょう。私の勲章になりました。
小島　最近は講演もなさっていらっしゃいますが、どんなテーマが多いんですか。
田辺　私の小説について、しゃべっているの。役者さんじゃないから、そんなに上手にはしゃべれないけど、自分のものをしゃべるんだから、少々変わってもいいわけ。あとは、『源氏物語』か川柳が多いですね。

小島　ご自分では川柳をお作りにならないんですか。

田辺　作らないですよ。

小島　まったく？

田辺　一句だけ。いつもそれを色紙に書きますけど、「気張らんと　まあぼちぼちに　行きまひょか」って。

この間、東京の大学に呼ばれて川柳の話をした後、学長先生のお部屋で、「せっかくですから、色紙を」と言われて、「いつも『気張らんと　まあぼちぼちに　行きまひょか』というのを書くんですけど」と言ったら、「いや、それは」と。そんなもん、学生に見せられへん（笑）と。で、「もろもろの恩かがふりしひとよかな」。「結構ですっ」ということになりました（笑）。

男から学んだこと、女から学んだこと

沢木耕太郎

沢木耕太郎

◉さわき・こうたろう
一九四七年東京生まれ。
横浜国立大学経済学部卒業。
大学卒業後にルポライターとして活動を始め、
七〇年「防人のブルース」でデビュー。
七九年『テロルの決算』で大宅壮一ノンフィクション賞、
八二年『一瞬の夏』で新田次郎文学賞を受賞。
八六年から刊行された『深夜特急』は、
デリーからロンドンまでの乗り合いバスの旅を描いた紀行で、
多くの人々を惹きつけ、旅へ誘った。二〇〇三年に菊池寛賞、
〇六年には『凍』で講談社ノンフィクション賞を受賞。
その他『敗れざる者たち』『檀』『キャパの十字架』など。

おっちゃん、という存在

沢木　なんといっても、『田辺聖子全集』の刊行（全二十四巻・別巻一、集英社刊）、お疲れさまでした。

田辺　いえいえ、私はとくに何もしていないんですよ。最後に解説というか、エッセイを書いたぐらいで。自分で自分の書いたものについて書くっていうのは、屋上屋を架すっていうか、何か自慢しているみたいに感じて、迷っていたんですけど、担当者に説得されて（笑）。お菓子を買って、ちょっとおまけしてもらうとうれしいじゃない？　そんな感じ。

沢木　今度の全集では、巻末のエッセイがグリコのおまけという以上にしっかり書かれてあって、改めてそうだったのかと思うことが多くありました。田辺さんは自分の作品を読み返すっていう行為は好きなほうですか？

田辺　好きです。

沢木　何度も読み返されます？

田辺　はい。

沢木　だって、よく主人公の名前を覚えていらっしゃいますものね。あれだけたくさんのヒロインを生み出していると、少しくらい混乱しないかと思ったりしますけど、そういうことはないんですよね。よく若い女性作家の方が、田辺さんとの対談で『窓を開けますか？』の主人公のこういうところが好きだとか言いだすと、あの亜希子さんはこういうふうに描こうとしたのとか、ポンポン名前が出てくる。当たり前といえば当たり前なのかもしれないんですけど、僕なんかからすると驚異的です。今回の全集を編むにあたって、書き直しってされたんですか？

田辺　直してません。その時はそれでないといけないって思って書いてるから、最初の気持ちを大切にしないと。書き直すと、その作品の持っていた〝野性のエネルギー〟は失われてしまうんです。料理をされればされるほど、見た目はキレイになるけど、もともとのうま味はなくなってしまう気がするんですね。

沢木　以前、吉行淳之介さんと話をすることがあって、あの方は徹底的に直すんだって言ってましたね。全集出すごとに、加筆したり、削除したり、字の用い方を変えたりしていた。

田辺　その気持ちもわかるんですよ。私、性分から言ったら、一度やり直しをし始めると全部やってしまいそうなので、だから、やらないことにしてるっていうのもあります。沢木さんの場合はどうですか。前にノンフィクションの選集を出されてたじゃない？

沢木 本になった後の自作を読み返すのは、苦痛でしょうがないんです。僕は完成原稿にするまで、アホと言われるくらい手を入れていくタイプなんですね。だから、「この言葉をどこに置くか」とか、「あのエピソードをどう表すか」という繰り返しを、本になるまで何百回、何千回とやっているんです。本ができてようやくその苦役から解放されたのに、それをまた読まなければならない苦痛というのは、口にできないほど（笑）。

しかし、実際に全集を出されて……これだけの作品を二十六歳から書き始めて、しかも途中からは主婦をして、子育てもして、一体いつ書く時間があったんだろうって素朴に思いますよ。

田辺 そうやね、結婚後は十何人もいるところで、しょっちゅう子どもが走りまわっていたし、もちろんご飯作らなあかんし、一番上の子が「給食費、昨日持っていくのを忘れたら、『明日は絶対に持ってきなさい』って叱られたから、ちょうだい」って言ってきたり（笑）。そんな中で、途中まで書いて、ご飯の支度、途中まで書いて、子どもの世話っていう感じでしたよ。

結婚前は、母と弟と暮らしていたんだけど、みんな働いていたから、昼間はシーンとしていて、書く環境としたら最高でしたけどね。

沢木 それが結婚して、大騒ぎの中で書くことになった。

田辺 ほんといつ書いてたんやろって、今になって思う。毎月連載を抱えていたんやから、書いていたのは間違いない（笑）。

沢木 それはそうですよ。夢の中で書いていたわけじゃないでしょうから（笑）。

田辺 午前中にやってたんやわ、きっと。午前中はおっちゃんは仕事してるし、子どもたちは学校行ってるし。

沢木 でも、昼になればおっちゃんも帰ってきて「めし」とか言うわけでしょう？

田辺 そうね。で、ご飯食べて仕事にまた出て、私も一息つくと子どもが帰ってくる（笑）。もちろん、夜にも原稿を書きましたけどね。ご飯食べた後に、少しお酒を飲んでおっちゃんと延々とおしゃべりするのが楽しくてね。それが終わって、片付けして、おっちゃんが寝たあとに「さて、書くか」って。

沢木 だけど、それだけ分断されると、なかなか筆が進まないってことになるんじゃないですか？

田辺　ものにもよりますけどね。『新源氏物語』や『舞え舞え蝸牛《かたつむり》』なんかの古典だったら、もとの本がありますし、難しい評論なんかは書いてないから、わりとすんなり。

沢木　いや、難しい評論であろうとなかろうと、とにかく驚異的な分量の原稿用紙を埋めてきたのは間違いないですもんね。

田辺　それはそうね。

沢木　今回、全集の月報（『田辺聖子全集24』月報「ふもとの楽しみ」）におっちゃんのことを書かせていただいたんですけど、おっちゃんの存在は田辺さんの作品を理解する上で欠くべからざるものであるような気もするし、僕の若い頃に会った数少ない〝大人〟でもあって、ちょっと大げさに言えば、尊敬の念のようなものを抱き続けてきたというところがあるんですね。今日はおっちゃんと田辺さんのかかわりを中心に伺いたいなと思って来たんです。

そもそも、おっちゃんって田辺さんの作品は読んでいたんですか？

田辺　読んでるのもありました。当時は小説誌にいっぱい書いていたんで、『オール讀物』とか『小説現代』とか、届いたものを読んで。その感想を話したりすることもありましたね。「面白かった」とか「いまいち」とか。

沢木　へえー。「いまいち」って言うこともあったんですか、やっぱり（笑）。

田辺　ようわからん、て言うんです。面白い点はあるのかもしれないけど、自分にはようわからんと。どちらかというと、純文学みたいなものは、「ようわからん」、人情の機微がよく書けているものは、お互いの感性でわかりあえるから、「面白い」って。でも、そのうちあんまりたくさん書くから、「邪魔くさい。読んでられるか。マージャンしてたほうがましだ」って（笑）。

沢木　その受け答え方が、またおっちゃんぽいな。おっちゃんって、インテリっぽさのほとんどない、でも本質的に頭のいい人という印象が強いんですけど。

田辺　中身は、ほんとインテリって感じではなくて、難しい言葉を使わずに、日常の出来事や感情なんかを表現できる人やったわ。本当は、それが一番難しいことですけどね。

「それもあるな」と受け入れる柔らかさ

沢木　田辺さんにとって、やっぱりおっちゃんとの出会いというのは……。

田辺　大ヒット（笑）。おっちゃんと巡り合って一緒になったというのが、私の人生の成功だなってつくづく思う。

沢木　おっちゃんも田辺さんと再婚をされたことは「当たり！」だと、思ってたわけですよね。

田辺　思ってましたね。

沢木　力強いお言葉（笑）。あえて言うとすれば、おっちゃんの素晴らしいところってどこでしたか？

田辺　頭が柔らかいんです。思考が柔軟。あと、侍みたいな佇《たたず》まいだったけど、ユーモア感覚があるところ。そのユーモアの部分が出た時は、本当に面白い。惜しむらくは、自分が面白いなんて、これっぽっちも思ってないんです。だから、一言しゃべって、みんながどっと笑うと、不思議そうな顔をしたりする（笑）。

沢木　おっちゃんって、見た目もいわゆる昔気質ふうの男だったじゃないですか。しかし、田辺さんの文章によれば、その昔気質の男が、田辺番の若い女性編集者などとのかかわりの中で、ずいぶん変わっていったと書かれている。性別も年代も考え方も違う人間を受け入れることができるってところが、その柔軟なところなんですね。

田辺　そうね。確かに、当時の日本の男性にはちょっと少ないかもしれないタイプ。生まれが奄美大島でしょう。あの島は、女の島なんです。もちろん、男もいますし働いていますが、女も海女やらなんやらで家族を養っている。もちろん、子育てもしている。それを普通のことだと思っているから、大正十三（一九二四）年生まれの男としては、男尊女卑的な考えは少なかったわね。

おっちゃんのお父さんは、大島紬《おおしまつむぎ》の仲買人で、島で一番現金を持っていた。だから、しょっちゅう鹿児島に行って、遊んでいたらしいの。でも、それを見ていたおっちゃんは生前、「それが男の甲斐性《かいしょう》だとは思わなんだ」と言ってました。そんなとこも、昔の男としては異質でしょ？

沢木　なるほど。どうにも頑固で、女の言うことに耳なんか貸せるかっていうタイプでは、なかったんですね。

田辺　とは言っても、やっぱり大正十三年生まれの男ですから（笑）、なんやかんや言うてもまだまだ前近代的なとこが残ってて。わが家には、男の子が二人、女の子が二人おったでしょう。まあ当然のことながら、しょっちゅう兄妹げんかするわけです。そうするとおっちゃんが「女の子は、男にゴメン言うて謝っといたらええんや」なんて言ったりする。当然、私は烈火のごとく怒るんです。「よい悪いに性別が関係あるか！」って。怒鳴る怒鳴る。そうすると、少し考えて「それもあるな」ってポツリと言う。あの人、「それもあるな」だけで人生渡ってきたようなところがある（笑）。裏を返せば、自分が納得できれば許容できるのね。決して相手を言い負かす、説き伏せるということをしなかった。

沢木　それは柔軟ですよね。その「それもあるな」で、他の世界の人を受け入れることができるんですね。

田辺　今もお話が出ましたけど、とくに私の担当編集者たちを通じて、おっちゃんは女性に開眼したんですよ。

沢木　どんなふうにです？　そんなに女性編集者たちって、絶世の美女ばかりはいないと思うんですけど……なんて言うとみんなに怒られちゃうかな、僕もよく知ってるから（笑）。

田辺　「はるばる東京からやってきて、細い身体で一所懸命仕事して、可愛いのに健気《けなげ》やな」って言うから、私なんか、「当たり前でしょ！」ってまた怒るんだけど（笑）。だから、そんな女の子たちが血眼で働いているのを見て、ショックを受けてたみたいなの。

沢木　可愛い女の子はホワンとしていていい、しているものだという前提が潜在的にあったんですね。

田辺　そういう考えを持ってた。だから、自分の娘たちも、そんなふうにホワンとして生きていくと勝手に思ってて。ところが、私は、娘たちには、「ちゃんと仕事を持って、自分たちの食い扶持《ぶち》ぐらい稼がなきゃだめよ」って教育してきたんです。今となっては当たり前の考え方だけど、当時、それを聞いていたおっちゃんが、「へぇー」なんてビックリするわけ。「へぇーじゃないでしょう。当たり前でしょう」って言うと、「それもあるな」って納得する。女性観や女性の仕事観に関しては、最初の頃は食い違いがありましたね。でも、自分が納得したから受け入れた。柔軟……っていうか、私が洗脳しただけかもしれない、キャツを（笑）。

沢木　ハハハハハ。でも、洗脳だけじゃないでしょう。やっぱり僕から見れば、柔軟というか、器の大きさを感じさせるところは、同性から見ても魅力的でしたよ。

これは、全集の月報にも書いたことですけど、僕は、田辺さんのエッセイ集の中でも『篭《かご》にりんご　テーブルにお茶…』がとても好きなんですね。そこに収められている「ユーモアについて」というエッセイに《私の知っている男の人に、／「それが何ぼのもんじゃ」／という口ぐせの人がある》という文章が出てくる。この男の人はもちろんカモカのおっちゃんのことですよね。僕はその月報の中で、《田辺さんの幸せは、自分のやっていること、小説を書くということに理解を示しつつ、しかし「それが何ぼのもんじゃ」と言ってくれる人を身近に持ったということだったと思われる》って、少々生意気なことを書かせてもらったんですけど、田辺さんとおっちゃんの関係にはそういう側面もあったような気がするんですね。

田辺　まあ確かに、こっちから洗脳ばっかりしていたわけでもないし（笑）。

沢木　僕は、お二方の関係で一番驚いたというか、ふつうではできないことだなと思ったのは、田辺さんがおっちゃんを看病していた時の話です。

それまで夜も看病していたけど、田辺さんの体力的にも無理があるということで、お手伝いさんを頼んだ。それまでは、自分がやっていたおっちゃんの朝の髭剃《ひげそ》りをヘルパーの人にやってもらったのだけど、お互い黙ったまま黙々と作業をしている。しかし、それまでの田辺さんは、髭剃りの時、前の晩からおっちゃんに何を話して笑わそうか、どんなコミュニケーションをとろうかと考えていた――そんな内容のエッセイに衝撃を受けて、「えっ、田辺さん、そんなに頑張っていたの?」って思っちゃいましたよ。

田辺　女の人だったら、誰でもやるんじゃない？　その立場になったら。やっぱりおしゃべりして、柔和な顔になったほうが髭も剃りやすいから。だから、いつも笑わせることばかり考えていた。

沢木　そんなこと誰もができるわけじゃありませんよ。絶対、うちでは起こり得ないことだと思う（笑）。でも、それこそ朝から真剣勝負なわけですよね。

田辺　いや、笑わそ思ってるんやから、真剣勝負ではないやろね。難しいことではないです。たとえば、会社一、気難しい上司を笑わすいうんなら大変やけど、あれは笑わせやすい男ですから。

沢木　そうか、おっちゃんは笑わせやすい男でしたか（笑）。でも、笑わせやすいといっても、毎日ですから、笑ってくれないことだってあるでしょう。

田辺　何話してたんやろ。でも、毎日何らかのお話を紡いでましたね。次から次へと話をしないと、向こうが催促する。厚かましい奴《やつ》なんです（笑）。

大体男の人って、社会を見ていても思うけど、ムッツリしているじゃない？　それは別に偉そうにしているということではなくて、仕事で気が張っているから、家の中では知らず知らずのうちに無愛想になったりするものなんです。それにプラスして病気なんていうことになれば、気が塞いでくるでしょう。だから、朝ぐらい笑わせたってバチは当たらんわいって思うてね。

沢木　どうなんでしょう。田辺さんとおっちゃん、二人の結婚生活の中で、どっちがいっぱい我慢していたんでしょう？　やっぱり、田辺さんなのかなあ。

田辺　いやあ、多分同程度やと思いますよ。

沢木　同程度かしら。

田辺　向こうは病気のこともあったし。

沢木　具合の悪くなる前は、どうでした？

田辺　向こうがしゃべらないですし、ちょっと測りがたいけど、多分我慢してたでしょう。理解者ではあったと思いますけど、こちらもキリキリしながら書いていたから、どっちもどっちよね。

でも、私が思うおっちゃんの一番すごいところって、泣き言を一切言わないこと。どんなことがあっても、それこそ病気でどんなにつらくても、絶対言わなかった。

沢木　それは男らしい。

田辺　いごっそう、ね。頑固、片意地。奄美でも言うのかしら。これが、大阪の男だったら、「何でこんな目に遭うんやろな」って、グズグズ言うのよ。運命に対して受けて立つってのがないんです。

おっちゃんはそのあたりは奄美、鹿児島の系譜で、それでいて柔軟さは大阪人の根性を持っていた。私は、そう分析しています。

……って、ちょっとキャッツを褒めすぎてるな。きっと草葉の陰で笑ってるわ（笑）。

おっちゃんの野望、田辺さんの野心

沢木　おっちゃんという人は、ゆったりとした方で、不平不満を言わない大人の男っていう印象は僕も持っているんです。じゃあ、逆に生前、おっちゃんは野望とか野心って持ってなかったんだろうか？「それが何ぼのもんじゃ」と言う人にとっての最高の望みってなんだろう？って、ふと思ったんですが。

田辺　何だったんでしょうね。やっぱり男だったから、最後までしゃんとしたいとは望んでいたと思う。病気になって表にも出られないし、医院も閉鎖してしもて……。やっぱり最後まで医者でいたかったと思いますね。それで、誰か子どもが医者になって医院を継いでくれたら、それ以上望むものはなかったでしょう。でも、二人の男の子は、最初からやりたくないと言ってたし、二人の女の子は、「私、お嫁さんになるんだもん」って子たちで、実際そうなったし（笑）。

でも、おっちゃんは「こうあるべき」って人ではないんで、最後まで自分からは望まなかったですね。

沢木 たとえば、医者といっても、病院を大きくして経営したい、とか、大学に残って研究者の道に進みたいとか、いろいろ野心というか望みはあるでしょう。

田辺 研究者には、なりたかったみたい。でも、父親が早く亡くなって、「息子さんですか？」って聞かれることがあったくらい年の離れた弟がいて、食べさせなければいけないから諦めたらしいの。その十七、八下、年の離れた弟が医者になりましたから、弟が家に遊びに来るとうれしそうに、一緒にお酒を飲んでた。本人は言わないんでわからへんけど、その時は一番安堵《あんど》したというか、満足げな顔してたと思います。

沢木 やっぱり、おっちゃんには野望とか野心ってあんまり似つかわしくないんでしょうね。もちろん、だからこそおっちゃんはおっちゃんなんですけどね。

ところで、田辺さんは、若い頃、どんな野心を持ってました？

田辺 あのね、野心ってほどのものはなくて、私と同年代の女の子が面白いと思ってくれる小説を書きたいなって、ずっと思ってた。少女の頃、吉屋信子さんが好きで、のめり込むような気持ちで読んでいたから、原点はそれですよ。もちろん、二十代の頃は、吉屋さんの世界は卒業してて、次にいいなと思ったのは、『風と共に去りぬ』。きちんとした意志を持った女主人公がいて、いろんな男と恋をして、何度も結婚するような波瀾《はらん》万丈な物語を書きたいって思ってました。

マーガレット・ミッチェルって、あれ一作だけでしょ。なんて潔いんだろって。私の場合、生活もあるし、儲《もう》からないかん。でも、儲かる小説ってどう書いていいのか、わからへん（笑）。どうしようって。

沢木 それは今でもあまり変わりませんか？

田辺 変わりません。やっぱり女の子の目線。男の子が登場人物なんてどう動かしていいのか、あまりわからない。女の子の主人公だったら、動かしていけるってところなんて変わってない。自分の資質でいったら、やっぱり夢のある女性のための小説があってると思い続けてる。

沢木 でも、そんな夢見る小説みたいなものを書こうなんて、当時、お前には思想がないとか、きっと言われたと思うんですよね。それでも、「いいんだもんね。私の世界はこうだもんね」って感じで全然意に介さなかったんですか。

田辺　小説の学校とかで、講師の人とかも社会がどうしたとか、階級意識がどうしたとか、言ってたけど、私は「小説は面白いから読むもんちゃうの」って思ってた。そういう人たちは、小説じゃなくて、みんな文学って言うから、「えらいこっちゃな、私そんなことでけへん」って思いながら、一方で同人誌の仲間なんかでは小説らしい小説の話しかしてなくて、両方に顔を出してウロウロしてたんです。

当時の小説って、難しい純文学と、私が読んでいても、これはちょっと程度が低いなっていう大衆小説かのおおよそどちらかで、でなければ時代小説か。品のある小説が読みたいと、時代小説ぐらいになっちゃうから、よく読みました。

沢木　あとは、松本清張さんのような推理小説が出始めた頃でしょうか。ご自身では書いてみたいと思いませんでした？

田辺　それは無理や。だって、あれは算数の才能がないと書けませんでしょ（笑）。密室で殺人があって、そこに何人いて……なんて到底私にはでけへんもん。今でも、読むのは大好きですけどね。

沢木　小説家じゃない、田辺聖子個人の野心とかって何かありましたか？

田辺　うーん、考えつかへんなあ。

沢木　じゃあ、今までの人生を振り返ってみて、あの時代が一番よかったよなっていう時期を十年区切りぐらいで言うとしたら、いつぐらいになるんでしょう。

田辺　私は、今が一番いいと思う人間なので。

沢木　多分、そういうお答えが返ってくると予想していました（笑）。

田辺　いつでも、片方がよければ片方が悪いというのが人生のような気がします。本が売れている時は、注文もひっきりなしに来てて、それこそ朝も夜もない時代だったし、やっと子どもたちが独立していって、みんな片付いて楽ができると思ったら、今度はおっちゃんが病気になるとか、いいことだけの時ってないでしょう。そんなんだから、もう一度あの頃に戻ってって言われても、お断りしますわ。

沢木　今考えると、そういうふうに大変で、もう戻りたくないと思うにしても、その時点ではその時代が一番面白かったんでしょうね。

田辺　その時代時代が楽しかった。おっちゃんが元気だった頃は、面白いこと言う人だったから、ご飯時なんて箸を持ったまま笑い転げていたし、お酒も大好きだったから、人を集めて、しょっちゅうわいわいやってたし。毎日が戦争みたいやったけど、戦争とちゃうのは、みんな笑っていたからね。

それを言ったら、子どもの頃もそう。終戦後、父が死んで、母が水道局の集金の仕事で家族を養ってて、私も学校出てすぐに働きに出て。あの頃は、母の奮闘時代。でも、いつも笑ってましたよ。母も話が面白い人やったし。

沢木 お母さんって、九十三歳の時に、「私は今まで何をしてきたんだろう」っておっしゃったという方ですよね。十分、人生を生き切ってきたはずの方が、それって、なんかすごいですよね（笑）。

田辺 でも、私もそう言いそうな気がする。私の場合は、今でも大分記憶を取りこぼしているから。「これを全部お書きになったんですよ」なんて言われても、うっそーなんて（笑）。

男と女、どちらから多くを学んだか

沢木 今が一番楽しいっていう感覚は、二十六歳ぐらいから、途切れることなくこられたと思いますけど、でもやっぱりおっちゃんとの時代っていうのは特別だったわけですよね。

田辺 それは特別ですよ。

沢木　何が特別でした？

田辺　おっちゃんは、私に〝男の面白さ〟を教えてくれた。私の作風もあって、女の子としゃべっていると、すごく面白いし理解もできるんだけど、〝男の面白さ〟っていうのは、知らなかった。やっぱりいいもんなんですね。

沢木　〝男の面白さ〟ってどんなものなんでしょう？

田辺　たとえば、率直・正直。でも世の中じゃ、率直・正直たらんとしても通せない場合もある。それは男の美学に反するから、あぶら汗を流して、その調整に苦労してる。そこがいい。

女には「女の美学」なんて金看板はないから、自分のやりたいようにやります。男は自分の美学と反する運命の中でもタマの続く限り戦う。砲煙弾雨の人生……じゃないですか？　買いかぶりかな？

沢木　なるほど。今、お話ししていて、思い出したことがあります。

神田に「鶴八」という寿司屋があるんです。そこの親父さんというのは、もうリタイアしてしまったけど、寿司職人としては、東京でも有数の名人なんですね。その親父さんから、ある時、こんなことを聞かれたんです。「沢木さんは、男と女、どちらから多くのものを学んだのか？」って。

田辺　それは面白い質問ね（笑）。なんて答えたの？

沢木　あまりに出し抜けな質問だったんで、思わず「親父さんはどちらから多く学んだんですか？」ってオウム返しに聞き直しました（笑）。その親父さんっていうのは、そもそも花柳界の近所で握っていて、キリッとしたいい男なんですよ。きっと若い頃は女の出入りも激しかったろうなって想像できるような。それでいて、お酒を飲まないんです。

僕には偏見があって、お酒を飲まなくて、自動車の運転をするヤツっていうのは、絶対に女にマメであるっていう（笑）。

田辺　そうかな。

沢木　そうなんです。経験則から言うと（笑）。

田辺　そうかな（笑）。

沢木　そう二度も確かめられると、ちょっと自信がなくなりましたけど（笑）。親父さんは、まさにそのタイプなんですね。お酒を飲まず、いい男で、女がほっておかないようなタイプ。だから、いろんなことを女から学んできたんだろうな、と推測したんです。でも、親父さんから出てきた言葉は、「私は男から学びました。親方とか兄弟子とか、大事なことはみんな男にずっと教わってきました」というもので。思わず「へぇー」って声が漏れてしまった。僕にとっては、すごく意外な答えだったんですよね。

そこで、「改めて聞きますけど、沢木さんは？」って親父さんは、尋ねるわけですよ。その頃になると、店中のお客さんたちが、僕らの会話にじっと聞き入っているのがわかるんですよ。大げさに言えば、僕が何を言うのか、固唾《かたず》を呑《の》んで見守っている（笑）。

田辺　みんな、男に学んだって言うと思っていたんじゃないのかしら。

沢木　そうでしょうね。僕の付き合いがある人間っていうと、ボクサーや冒険家や、男臭い連中ばかりだし。

僕は答えたんです。「女です」って。

田辺　意外ねえ。

沢木　そうでしょう？　ギャラリー化していたお客さんたちにも意外だったらしくて、ちょっとどよめきが起きましたから（笑）。

でも、それは本当のことで、大事なことはみんな女の人から学んだ気がしたんです。おっちゃんの柔軟さも、多分、女性から学ぶことから出てきていると思う。僕が柔軟かどうかはわからないけど、女性から教わるってことは全然いやじゃなかったですね。

田辺　一番何を教わったのが大きかったの？

沢木　たいしたことじゃないかもしれないんですけど、たとえば……炊事、洗濯など家事全般を女房から教わりました（笑）。

田辺　それは大事なことよ（笑）。

沢木　結婚してしばらくするまで、僕は一切何にもできなかったんです。それを見た彼女が、あまりに不憫《ふびん》に思ったらしく、「いつ離婚してひとりになっても平気なようにしてあげる」って、教わったんですよ。たたき込まれた（笑）。今では、何でもできるようになりましたね。

田辺　何でもできるようになると、自由になるでしょう。

沢木　その通りなんですよ。人間として何か新しい自由を手に入れた感じがするんですよね。ひとりでも生きていけるんですから。離婚するしないは別にして（笑）。

田辺　おっちゃんの柔軟さも、女の人から学ぶことを全然恥ずかしいと思ってなかったからでしょうね。

沢木　多分そうですよ。ところで、田辺さんの場合は、男と女、どちらからより多く学びましたか？

田辺　私はどちらからも学びました。女って、群れるけど、統率できる人はいないでしょう。そんな時に上手にまとめて、皆をホッとさせる女の人に感服したことがある。女で周旋の才のある人は珍しい。
　男は、柔和に見えてて、いざとなると強くて、女をリードしてくれる……というと、おっちゃんかな。

沢木　やっぱり、おっちゃんに帰ってくるんですね。

第二部　講座「日本人の恋愛美学」

尼崎にて（1964年撮影）

Ⅰ◉日本恋愛史

磐之媛の愛のプライド

これから、日本人の恋愛美学ということについて考えてみたいと思います。恋愛に「美学」という言葉をつけるのは、物書きといたしましては、本来あんまり好きじゃありません。恋とか愛とかいう言葉は、私たち小説家にとって絶好の、永久に興味の尽きないテーマで、こういうものに「学」という言葉をつけるのはどうかと思うのでございます。

ただ、私たち日本人の先祖が、恋愛というもの、愛情というものについて、どういうふうに考えてきて、どういうふうに変わってきたのかなということを、本とか、私の好きな作品上のヒロインたちから、考えてみたいと思います。

これを系統立てて、恋愛美学として学問的に講演いたしますと、いろいろむつかしい理屈づけがあるのでしょうけれども、結局のところ、その人個人が、どういうふうな恋愛をした人が好きか、どういうふうな愛を書いた小説が好きかという、何が好きかということに尽きると思うのです。愛とか恋とか、そういうふうな世界に対しては、私の好きなのはこれこれである、という好き嫌いしか本当の意味でいちばん大切なものはないと思いますので、私の好きな女主人公たちから話し始めることにします。

私たちがいちばん早く持っている民族的遺産というのは記紀、万葉でございますけれども、この時代で私がいちばん好きなのは、仁徳天皇の后《きさき》の磐之媛《いわのひめ》という人なんです。これは伝説上の人物ですし、本当にこういう人がいたかどうか、もちろんよくわかりません。文献に表れている限りでは、葛城氏の出ということになっておりますね。

葛城一族というのは、たいへん力のあった豪族でして、学者によりますと、葛城王朝というのは崇神天皇より前に葛城山のふもとを中心に定着していた、日本で一番最初の王朝ではないかといわれています。磐之媛の父親は葛城襲津彦《そつひこ》という人で、外国の史書の『百済記』にも載っている、四世紀末の実在の将軍です。たいへん力のあった将軍で、財宝とか、美女とか、文化の香りの高いものとかを先進国からいろいろ輸入しまして、自分の葛城の城を強大なものにしたわけです。

ですから、磐之媛がもし実在するとすれば、朝廷にも劣らないような、豪奢《ごうしゃ》な、贅沢《ぜいたく》なところで育てられたのではないでしょうか。史書によりますと、襲津彦は新羅からたくさんの美女を携えて帰ったとありますから、あるいはハーフだったかもわかりませんね。葛城一族のお姫さまとして、また日本人離れのした美貌《びぼう》のお姫さまとして育てられ、たいそう鼻っ柱の強いといいますか、気位の高いといいますか、ふつうの日本人にはいないような女性だったのではないかなと思います。

彼女が結婚したのは、仁徳天皇がまだ天皇になる前、大鷦鷯《おおさざき》の皇子といわれていた、あんまり勢力のない頃でした。ところが葛城一族が後ろ楯《だて》になりましたので、大鷦鷯は他の兄弟たちを蹴落として、とうとう皇位につきます。これが仁徳天皇です。これは『古事記』のお話で、どこまで真実かわかりませんけれども、菟道稚郎子《うじのわきいらつこ》という弟、大山守命《おおやまもりのみこと》という兄さんと血で血を洗う戦いをして、やっと彼が勝つわけです。もちろん葛城一門の後ろ楯がなければ、彼はそれだけの地位につけなかった。

こうなりますと、彼の妻の磐之媛とは、もはや夫と妻というよりも共犯者みたいなもので、糟糠《そうこう》の妻という以上に悪事の加担者といいますか、ふつうの王さまとお后の結びつきではなく、いろいろな政変で相手を蹴落としてきた、強固な夫婦だったのではないかなと、私は考えるわけなんです。

この磐之媛はたいそう嫉妬深く、昔から悪女の代表みたいに言われております。他の官女がちょっとでも仁徳天皇の居間の中をのぞこうとしますと、足音も荒らかに踏み鳴らして怒った、とあります。他の女たちを側《そば》へ寄せることもできないわけです。

ところがある時、仁徳天皇が八田皇女《やたのひめみこ》をちょっと見て、いっぺんに恋をしてしまいます。それまでも、たとえば吉備の黒日売《くろひめ》という、吉備の国から上がってきた美女と結婚しようとして、それも妨げられて追放されたりするのですが、そこにはいろんな政治的な配慮も絡んでいました。恋愛は後ろに引っ込んで、政治と政治の戦い、つまり黒日売の後ろにいる吉備一族と、磐之媛の後ろにいる葛城一族との戦いだったのではないかなと思うのです。

ところが八田皇女だけは、仁徳天皇が中年になって初めて真実の恋をしたといいますか、正妻の磐之媛を別にすれば、本当の意味の恋愛だったのではないか。八田皇女は後ろ楯になる強固な一族が全然なくて、ただ皇室の一族だった若いお姫さまということになっています。それを磐之媛がものすごく嫉妬しまして、どうしても承知しない。

古代の男女関係というのは一夫多妻といいますか、強固な権力を持っている男たちは、たくさんの妻を持っていますね。仁徳天皇が磐之媛をそんなに愛してなければ、自分勝手にたくさんの女を入れたでしょうけれども、『古事記』や『日本書紀』を見ますと、ちゃんと二人の贈答の歌が載っているわけです。

二人でいろいろ掛け合いをするんですが、もし弓の弦が片一方が切れた場合に、片一方が予備として要る、そんな具合に、お前のいない時だけ八田皇女に会いたいから結婚してはいけないだろうかというわけです。そうしますと磐之媛が、とんでもないことだ、着物こそ、二枚重ねて着るのもよいけれど、床を並べるとは何ということですか、とそんなふうな言い方をするわけですね。機智《きち》に富んだ、二人の贈答歌が交わされるんです。

こういう時の仁徳天皇というのは、たいへん魅力のある男なんです。頭から八田皇女を入れろとは言わないで、どうかして妻を翻意させようと思って、一所懸命いろんなふうに言い掛けるわけです。しかし、磐之媛は頑として承知しない。

ところが、仁徳天皇はどうしても八田皇女と結婚したいという誘惑に負けました。そういうところも面白いですね。彼はたくさんの男たちを蹴落として、皇位を手に入れたぐらいの人間ですから、決して妻の言いなりになったりしないわけです。男の自我と女の自我とが、ものすごい火花を散らしてけんかするわけですね。

これはその時代のシャーマニズムの影響だと思うのですけれども、皇后——身分の高い女には水を祀《まつ》ったり、神を祀ったりするお役目がありまして、女のする巫女的な仕事でございます。磐之媛はそのために紀州のほうへ柏の葉を採りに行きます。その磐之媛が宮中におらない間に、それを狙って、天皇は八田皇女を宮中に入れて結婚しているわけです。

そのことを知った磐之媛はいたく怒りまして、真っ直《す》ぐに帰ってこないわけです。宮中のある高津宮《たかつのみや》に帰らないで、そのまま川をさかのぼって山城の国の筒木宮《つつきのみや》というところへ行ってしまいます。そして決して帰ってこない。

そうなりますと、仁徳天皇はどうしても帰ってほしいわけです。こういうところも男心の不思議だと思いますけれど、磐之媛があってこその八田皇女で、磐之媛がいなくなれば、八田皇女と結婚するのに何か気が抜けるというか、おらなければそれで都合はいいんではなかろうかと私たち女は考えますけれども、男性というのはどうもそうじゃないらしいですね。ふだんよく聞く話でも、本妻さんが亡くなられると、二号さんとも手を切ったという話がありまして、われわれ女性としていたく不審に堪えないですけれども、男性はそれがふつうの心理みたいですね。

仁徳天皇は、何度も何度も使者を送って、磐之媛の翻意を促します。どうかして帰ってきてほしいと、いろんな言葉で言い掛けるわけですが、磐之媛は頑として承知しない。このところは、やっぱり原本でお読みいただいたらたいそういいなぁと思います。

最後に仁徳天皇は、とうとうふつうの言い方ではだめだと思いまして、非常にやさしい愛の歌を詠むわけですね。山城の女たちが、木の鍬《くわ》で大根を掘り起こす、その大根のような白いお前の腕を巻いて寝たという思い出があるじゃないか、そういう思い出がなければそんなに頑《かたく》なに我を張っていてもいいけれども、というような二人の共通の愛情の思い出に訴えた、非常にきれいな官能の歌なんですけれども、そういう歌を寄越しまして、愛の思い出にかけて帰ってきてほしいと呼びかけるわけです。

こういうやさしさというのは、かつて日本文学は持たなかったし、それからあとの日本の男たちの言葉からも出なかったような気がしますね。現代に生きる私たちの身にしますと、たいへん近代的な歌だなぁと思うのですけれども、男のやさしさというのが、記紀、万葉の時代にはストレートに出ているというのと、それからもうひとつ、磐之媛のようなものすごく激しい自我というのは、それからあとも出なかったような気がしますね。

そんなふうに磐之媛に帰ってきてほしいと一所懸命訴え続ける夫に対して、『日本書紀』の表現によれば、磐之媛は、「陛下《きみ》、八田皇女《やたのひめみこ》を納《めしい》れて妃《みめ》としたまふ。其《そ》れ皇女《ひめみこ》に副《そ》ひて后《きさき》たらまく欲《ほ》りせじ」――二人そろって皇后になんかなりたくありませんと、手厳しくはねつけるわけですね。これも、それからあとの日本史で、誰一人言ったことのない言葉ではないかなと思います。つまり、私が思いますのに、磐之媛にそれだけのことを言える自我があったということと、それから、たいそう人生の美食家なんですね。非常に美味しいところだけをつままずにはいられない。最高の人生だけを食べていくという、非常にプライドの高い、絶えず一番でなければいやだという女王の恋ではないかな、という気がしますね。こういうスケールの大きな恋といいますか、そういう愛のプライドというものも、磐之媛をおいて、他にはなかったような気がします。

そうしますうちにも、手を替え、品を替えて、仁徳天皇は翻意を促します。天皇に言いつけられた使いの青年が、雨の降る中、庭にひざまずいて天皇の口上を述べるわけです。そうしますと、使者が前にいる時は違う戸口のほうへお后は逃げていってしまう。そちらの戸口のほうへ参りますと、また前のほうへ帰ってくる。そんなふうにして、磐之媛はどうしても使者にさえ会おうとしませんでした。それで何十年も経って、その宮で死んでしまうのですね。『日本書紀』にはただ一行、何年何月に磐之媛の太后が死んで「乃羅山《ならのやま》に葬《はぶ》りまつる」と載っております。いまでもそこには、磐之媛のご陵がありますね。

『万葉集』には、磐之媛の作とされる、きれいな歌があります。『万葉集』では第一級といいますか、記紀歌謡を全部合わせても一番いいクラスの歌だと思われる、「君が行き日《け》長くなりぬ山たづね迎へか行かむ待ちにか待たむ」という歌とか、「秋の田の穂の上《へ》に霧《き》らふ朝がすみ何方《いづへ》の方《かた》にわが恋やまむ」とか、私の好きな歌をたくさん詠んでいます。

こうした非常にきれいな歌を、どうして磐之媛の作というふうにしたのかと思いますと、これは後代の人が、嫉妬深い女、悪妻の第一人者として烙印《らくいん》を押した磐之媛に対して、当時の人々は、その生き方にすごく共感したのではないかなと思うんです。

歴史学者の直木孝次郎先生のお説では、そのもっとあとで、光明皇后が臣下から冊立《さくりつ》されて初めて皇后になった時に、これは初めてではない、磐之媛という先例があるんだから皇后になってもいいいんだとする藤原一門の策略によって、『万葉集』をつくる時に、非常にいい歌を磐之媛の作として擬した、つまり作為的にやったんだ、とおっしゃっています。けれども、私は、この磐之媛のエピソードを読んだ後世の女たちが、磐之媛のそういう涼やかな、強い心根に感激して、一番きれいな歌を磐之媛の作として擬したのではないか。本当は詠み人知らずの歌と言われますけれども、みんなが大好きな歌を磐之媛の作とした、というのが本当ではないかなと思ったりします。

この時代の愛情というのは、磐之媛と仁徳天皇の例を見ても、たいそうエゴイスティックな愛情でして、官能というものを真正面から押し出してきている。『万葉集』以降には、こういうことは絶えてなくなってしまったわけです。あとの時代に下りますと、様式美が文学の大切なモチーフになりました。単純にそのままうちつけに歌うのは、みんなに好まれなくなったこともありますし、いろんな社会環境のせいもありますし、文学の担い手が貴族となり、文学作品の中で貴族的な精神風土が取り上げられるようになりまして、土に密着した庶民の歌が出てこない。

『万葉集』の東歌《あずまうた》などを読みますと、たいそう率直な愛情の表現がありまして、いまの時代から見ると、かえって新しい感じがするんですけれども、次の王朝時代には、もうそういうふうなことが喜ばれなくなったんでしょうね。ですから、記紀、万葉の時代を通じて、一番大きな愛情の特徴というのは、利己的な愛であるということ、それから非常に率直で官能的であるということ、女の人に強い自我があったということでしょう。

女が待つ恋

平安時代では、『源氏物語』よりも、むしろそれを突き抜けて、『かげろふ日記』のほうに、男と女の愛情が典型的に、先鋭的に表れているのではないかと思います。『かげろふ日記』の中に出てくる女の人は、ごく一般、ふつうの女の人で、しかもその女の人の内面というのが、非常に詳しく文学的に表現されておりますね。一方、『源氏物語』にはたくさんのタイプの女の人が出てきます。瀬戸内晴美（寂聴）さんは、『源氏』

は週刊誌小説で、『かげろふ』は純文学だとおっしゃっていましたけれども、週刊誌の小説としては『源氏物語』ほどうまいのはないと思うのです。『源氏』みたいに、毎週毎週あんなに面白くて、次が待ち遠しくて、しかも一回ごとにすごいヤマ場があって、出てくる主人公たちがそれぞれに性格がきっちりと分かれていて、あんなにたくさんの言葉を持っていて、説得力があって……という小説は、ちょっと誰にも書けないいんじゃないかなと思います。たいそう面白い、非常によくできた週刊誌小説なんですね。

でも私なんかから見ますと、『源氏』に出てくる女の人の、本当の意味の内面というのはあまりよくわからないわけです。あの小説をお読みになっても、光源氏の顔なんか、ほとんど想像できないと思います。「めでたき御ありさま」一本で通しているわけですね。一千年後の私たちは、「めでたき御ありさま」の一言だけでは、男の人の顔や姿かたちなど、どうしても想像できないですね。これは一大通俗小説の特徴でしょう。

それに比べますと、『かげろふ日記』の主人公の男というのは、顔も、それから顔色も、しぐさも、体格もすっかりわかりそうな気がします。これは人間の内面において、非常にすぐれた人間観察といいますか、人生省察があるからなんです。

この時代の恋は、一言で言いますと、女が待つ恋だと思います。記紀とか、『万葉集』

の東歌の、男も女も同じような自我の高みに立って、愛憎を交わし合っていた時代には、たとえば、仁徳天皇が手を替え、品を替えて、どうにかして翻意させようと心を砕き、それに応えて奥さんの磐之媛も、絶対途中で妥協なんかしないぞという強い精神があった。その精神と精神のぶつかり合いから出るものすごい火花といいますか、そういうものに私たちは面白さを感じますね。

ところが次の時代の女というのは、とてもそこまでの高みに立てないわけですね。『源氏物語』を読んでも、光源氏の訪れを、たくさんの女の人たちがひたすら待っているわけです。最後に彼は一所のお屋敷にたくさんの女たちを集めまして、あっちこっち適当にご機嫌を伺いに行ったりするという、そういう男と女の立場になってしまいますね。待っている女の内面はどんなであったろうと私たちは思いますけれども、『かげろふ日記』になると、それが詳しく書いてあるわけです。

『かげろふ日記』は作者の名前はわかりませんけれども、身分はわかっています。藤原倫寧《ふじわらのともやす》の娘、いわゆる「右大将道綱の母」と呼ばれる有名な歌人で、藤原兼家《かねいえ》の夫人の一人です。彼女は夫の兼家を非常に詳しく一部始終観察しておりまして、そして細大漏らさず『かげろふ日記』に書いているわけです。

書かれているほうの兼家というのは、『かげろふ日記』の作者に匹敵して、まだその上をいくような性格の強い男なんです。兄・兼通《かねみち》と藤原家の氏長者をめぐる争いに敗れたことから、なかなか出世ができませんで、非常に晩年になって慌ただしく出世した人なんですが、その出世の仕方がたいへんえげつないわけですね。そして自分の娘が産んだ皇子を天皇につけようと、血みどろの画策をするわけです。

自分の娘の産んだ皇子がまだ位につかれない。待っているといつの世に天皇になるかわからないというので、息子たちに言い含めまして、まだ若い天皇をうまくたばかりまして、天皇を出家させ、自分もあとから頭を丸めて坊主になりますから、と言って口先でだまして、天皇を連れ出すわけです。そのひまに、天皇は退位されたと言いふらして、自分の外孫に当たる皇子を位につけるという、離れわざのようなことをやりました。半ばクーデターですね。そんなことをやって、自分はとうとう関白の位にまで上るという、自分がいったんこうだと決めたら、どこまでもやり通すような、恐ろしい辣腕《らつわん》の政治家なんです。

そういうふうな男が、まだ若い頃に結婚いたしました。その結婚の仕方も、この兼家という人はたいへん身分の高い家の息子でございまして、作者のかげろふのほうは、少し身分は劣りますが、その頃からたいへん有名な歌人で、そして美女の噂が高かったわけです。

兼家はせつせつとラブレターを送ったりするわけですね。

ところが兼家にはすでに妻がおりました。この時代の奥さんというのはたくさんおりますけれども、どれが正妻で、どれが二号、三号ということはありませんで、みな同じような位置で妻なんです。ただ妻の父親の身分の高下によって、ちょっと左右されますけれども、格としてはどの妻も同じです。だから正妻がいて、息子がいても、二番目の結婚を正式な結婚と呼ぶことはできるわけなんです。

兼家のラブレターの書き方も、たいそう粗末な紙に、字もあんまり上手じゃなくて、しかもそのころのならわしでしたら、しかるべき人がちゃんと間に立って持ってくるんですけれども、自分の部下の兵隊に馬に乗ったまま持ってこさせるような、そういう非常に粗暴な、荒っぽいことをするわけです。かげろふははじめはいやだなぁと思っていたんですけれども、いろいろありまして、とうとう結婚することになりました。

結婚したてのころはたいそうやさしくて、間もなしに父が遠くの国へ国司として赴任しますす時にも、いろいろ慰めてくれるわけです。彼女の出産の時も、たいそう頼りになる男なんです。頼りになるので甘えておりまして、ある時、ちょっと彼の持ち物を見ますと、他の女にあてたラブレターを入れたりしている。そうかと思うと、何か様子がおかしいので、あとをつけさせますと、原文には「町の小路の女」というので載っておりますけれども、その頃にありました、ちょっといかがわしい女のところに行ったりしているわけですね。そのうちに自分のところにこないで、その女のところへ入り浸りになったりする。

彼の家から宮中へ参内するには、かげろふの家は通り道になりまして、いつも門前を通ります。よその女のところに行く時も、夫はいつも自分の家の前を通っていくわけです。よその女のところに行く時にも仰々しい行列を仕立てまして、こちらへくるのかと門をあけて待っておりますと、すっと行き過ぎてしまうということが、平気でできるわけなんです。

そのいかがわしい女に子どもができたりします。お産をする時は、その当時は別の家に移ってお産をしますから、その女と同車して別の家に移ったりしています。かげろふは、これは女性特有の性癖でございますけれども、非常に律義でまじめなんですね。自分はこれだけきちんと生活をして、まっとうな愛情を捧げているのに、向こうがあっちこっちに女があるということは耐えられないわけです。耐えられないけれども、当時の生活風習としては、それに耐えなければいけない。たいへんな苦しみを味わうわけです。

その苦しみを、きれいな文章で縷々《るる》書いてありまして、こういうのをじっくりと、一行ずつ味わって読んでおりますと、やっぱり『源氏物語』は、少しきめのあらい小説だなぁという気がしますね。ただ『源氏物語』は構成が非常にすぐれておりますために、目先が変わって、次から次と場面転換が早くて、非常に面白く、読んでいますと巻を措《お》く能《あた》わずというところがございます。一方、『かげろふ日記』のほうは一字一字読みますと、とくにわれわれ女性が読んでおりますと、男の人がいかにちゃらんぽらんであって頼りないか、それからこれは兼家の話なんですけれども、兼家がいかに口がうまくて、ずうずうしいかという、そういう男の原罪みたいなものを、縷々恨みがましく書いてあるわけです。たいへん面白いんですね。

そうやっておりますうちにも兼家は次の女、次の女とたくさんできますが、ある日かげろふの家にいる時に病気になります。その当時のことですから、お医者さんを呼ぶのではなくて、加持祈禱《きとう》のお坊さんを呼ぶわけです。ここの家だとお坊さんを呼んで加持してもらうのに不便だからと言いますので、一応本妻のようになって、子どもたちもたくさんいる女のところへ移ります。

移ってからも、かげろふは心配でならないわけです。「どうしたかしら」と案じ暮らしておりますと、使者がきまして、「夜、真っ暗くなってから、そっとおいでください」と言います。「でも、よその方のお家へなんぞ行けません」とかげろふは一応言ったんですけれども、「いや構わない。俺のいるところは、本邸から庭を隔て離れているから」という言伝てがありましたので、夜すっかり暮れてから出かけていきます。

そのへんの描写がたいそう濃艶《のうえん》でございまして、やさしくて、なまめかしくて、かげろふが一番力を入れて、思い出しながら書いたところだと思うのですが、牛車からおりまして、縁の端のほうへ行きますと、その当時のことですから、闇夜だったら真っ暗なわけです。そうすると夫の声がして、「ここにいるのが見えないか」と言って手を出してくれます。本当にひとつだけ小さな灯をともして、それを屛風《びょうぶ》の後ろに置きまして、顔と顔を合わせないようにして、夫婦が久しぶりに会うわけです。

会うといいましても、ちょっと離れた本邸のほうには、時姫という本妻や、子どもたちがたくさんいるので、あまり大きな声で賑《にぎ》やかにはしゃぐわけにはいかないわけです。「ご病気はその後いかがでございますか」と言うと、「だいぶよくなった。お前のことばかり考えていた」というような言葉がございまして、「何か召し上がっていらっしゃるのですか」とかげろふが聞いたら、「今日は久しぶりに粥《かゆ》と魚を食おうと思って、お前のくるのを待っていた」と言うんですね。こういう文句をこそ、下世話でいう「殺し文句」というのでしょうね。こういうところは、われわれ女が読むと人ごとながら嬉しくなりますね。たいそういい場面なんですよ。

それを聞くと、かげろふは嬉しくてたまらないわけですね。「女はたくさんいるけれども、お前が一番好きだった」とかげろふに言うわけです。やはり女というのは、「お前が好きだ」というだけでは承知できないもので、「ほかの誰より一番好き」というのが上にこないとちょっと困りますね。そういう女心の機微を、兼家は先天的に知っているわけです。

この兼家は、「望月の欠けたることもなしと思えば」の道長のお父さんでございます。本邸の時姫が産んだ子どもが道長なんですけれども、道長は後世の史書によりますと、たいへん魅力のある男だったと書かれています。そのお父さんですから、たぶん兼家も非常にセックス・アピールもあり、女心を喜ばせるのが非常にうまい、頭のいい男だったろうと思われますね。

そういうことを言ったりして、二人で仲良く食べているわけです。そうしますと、あっという間に夜が白々と明けてまいりまして、「あんまり明るくなると恥ずかしいから、もう帰ります」とかげろふが言うと、「まあいいじゃないか、もっとゆっくりしていきなさい」と引き留めるわけです。

そうしますうちに、だんだんと明るくなってきました。「じゃあ私はこれで帰ります」「まあそう言わずに、せっかくきたのだから、朝ご飯を一緒に食べよう」と、非常にしおらしく言うわけです。何だか後ろ髪を引かれるような思いをしまして、二人でまた朝ご飯を食べたりしているうちに時が移りまして、「本当にもう帰ります」と立ち上がりますと、「ついでに一緒に車に乗って、お前のところに行こうか」と言うわけですね。こういうところも心憎いですね。

そういう時に、かげろふは、やっぱり「はい」とは言えないわけですね。彼女は教養の高い人ですから、その家の女主人の時姫の心のうちを思いやって、「ここで私が連れて帰ったら、あとでどんなに悪く言われるでしょう。どうせよくなったらいらしてくださるでしょう」と言いますと、「今晩行く」なんて言うんですね。そういうところがいい加減でございますね。「絶対に行く」と言うんです。「ではその時に。お待ちしていますから」と、かげろふは車に乗って、向こうは見送って、こっちも車の窓から見送るという、本当に夫婦らしい一晩を過ごすわけです。

ところがそれが最後で、また全然こないわけですね。「どうなすったのかしら」と思っているると、「もうとっくにお治りになって、ぴんぴんしておられます。あっちこっちに新しい愛人ができたという噂でございます」と、侍女が告げ口するわけです。

そういうふうなことがありまして、少しなごんだかと思うと、また憎みあったりする。これは本当に待っている女の恋ですね。ですから両方同じような意味で、同じ強さで、同じ高さで愛を交わし合ったというのではないわけです。

そんなことがありながら、五年、十年と経つうちに、かげろふの一人息子もだんだん大きくなるわけです。兼家もたまにきますと、息子の相手なんかしてくれたりして非常にいいんですけれども、それも長い間おきますので、かげろふも、やっぱりきたら恨み言の一つ、二つも言うわけですね。男ですからとうとう頭にきまして、「怒るかすねるかしか能がないのか」なんて夫婦げんかになりまして、足音も荒らげて出ていったりします。

ところが、彼女が「こんなに嫉妬ばかりしていたら身が持たないから、私は尼になってしまう」と山にこもりますと、兼家がやってきます。私はそういうところが兼家の魅力だと思うのですけれども、力ずくでそのへんのものをのけてしまって、手を取って引っ立てて、「お前なんかが尼になれるものか、雨《あま》がえるぐらいが落ちだよ」と言うわけです。そして無理矢理に家に連れて帰ってくる。

かげろふのほうは、夢かうつつかという様子で寝ておりますと、留守番をしておりました侍女がそばへ寄ってきまして、耳もとでささやくわけです。「奥さま、お言いつけどおりなでしこの種を蒔《ま》いておきました。それから竹が枯れてしまったので、支えがしてございます」。それを聞いた兼家は、たいそう笑いますね。「世を捨てて尼になろうという人間が、なでしこがどうの、竹がどうのと、あんなことを言ってる」と言うので、こらえかねて侍女たちも笑う。

この兼家という人は闊達《かったつ》な気立ての人とみえまして、冗談もたいへんうまいんです。尼が帰ってきたというので、それ以来かげろふに「雨がえる」というあだ名をつけたりしまして、それもおかしいんでございますけれども、ときどき夜遅く、思い出したようにやってきます。「まさかこんなに夜遅く、雨が降ってる晩にこられないでしょう」と思って、侍女たちがあっちこっちへ錠を閉めておりますと、「早くあけないか」なんて言って、入ってくるわけですね。あわててかげろふが起き出してあけようとしますが、錠がかたくてなかなかあきません。「誰でしょう。こんなにかたく錠をさしたのは」と言ってますと、兼家は戸の外から聞いて、「俺がはるばる遠くからここをさしてやってきたのに……」と言う。当意即妙の頓智《とんち》がまたうまいんですね。

そんなふうに、憎んだり怒ったり、また気を取り直して好きになったりしているうちに、長い歳月が経って、だんだん兼家の足が間遠になります。そして思い返してみると、何というはかない愛情生活だったろうと、かげろふは中年に達してしみじみとそう思います。

物語にあるように、あんなに愛し合った男と女というのは、本当にこの人生ではあり得ないことなのかしら、なんて考えます。そしてそう思ったのが、『かげろふ日記』を書く動機になるんですね。そういう省察のあった時の『かげろふ日記』の文章は、たいそう美しいんです。私は、日本の文学の中で、第一級の美しい文章だと思います。

折々の気候や、お天気の描写がありますけれども、私の好きなのは、「秋冬、はかなう過ぎぬ」、そういう文章がときどきあるんですね。兼家というのは二《ふた》月に一度、三月に一度ぐらいしかきませんので、きた時のことはよく覚えているんですけれども、そのあとはどういうふうにして過ぎたかわからない。「秋、冬、はかなう過ぎぬ」という文章は、たいそう美しい、女のためいきみたいな文章ですね。

そういう時代が長く続きまして、王朝から王朝末期、それから源平時代もたぶんそうだったろうと思います。『平家物語』にも、女の人が自分の力で生きて、自分で男と同等に戦って、愛しあって、憎みあって、というのはあんまりないような感じがしますね。ただ、巴御前《ともえごぜん》みたいに、あんなふうに強くて、男と同等に渡り合って、という生き方をした女はいますけれども、彼女は木曽谷という特殊なところに生まれまして、一族郎党が全部、どうかして義仲を守《も》り立てて世に出そう、というふうな気風の中で揉《も》まれましたから、ふつうの女の人と違って、また武士の娘ですから、自分でも打ち物をとって戦うというすさまじい生き方をしたんでしょうけれども、だいたい王朝から、それに続く末期の戦乱、混乱時代というのは、女の人はあんまり強い生き方をしなかったですね。

強い生き方をしなかった時代には、本当の意味の恋愛観というものは育たないわけです。『かげろふ日記』みたいに、女の原罪的な恨みつらみをじくじくと述べる文学作品が残っただけで、本当の意味の恋愛については、何も残らないような気がします。

女はいじらしくなければ困る？

同じような時代と思うのですけれども、『今昔物語』に載っております話に、こういうのがあるんですよ。丹波の片田舎に男がおりまして、その土地の女と結婚しておりました。ところが彼はちょっと「情ある者にて」という原文がございますけれども、いろんな情緒を解する、歌なんかも好きな男ですから、もう一人別に、二番目の妻を京都から迎えるわけです。京の人間だというので、その当時は文化的な匂いを懐かしみ、たいへんゆかしく思っているわけですね。

ところがある時、京の女と二人で縁側におりますと、秋の頃ですから、奥山のほうから鹿の鳴き声が聞こえました。「お前はあれをどう思うか」と聞きましたら、京の女が「鹿の肉というのは美味しゅうございますね。焼いても美味しいし、煮ても美味しいわ」なんて言いましたので、男は実に興ざめいたしましたね。

そしてその男は、今度はもとの妻――私が思いますのに、もとの妻というのは丹波の国の女ですから、実質的な、地味な女じゃなかったか。京の女というのは、今風にお化粧も上手にして、いまどきでいいますと、つけまつげをしたり、ちょっとかつらをかぶったり、非常に派手な美女だったんでしょうね。ところがもとの妻は、土地の人ですから、よく働くし、質実な感じで、あまりお化粧もしないで、非常にまじめな女の人だったのかもしれません。ですから主人にしてみたら、そういうところがちょっと物足りなかったんでしょうね。もう少し情緒のある女がほしくなったんだと思います。

そのもとの妻のところに行って、「どうしてるんだね」と言います。このごろはずっと京都の妻とばっかり暮らしておりますので、もとの妻がどうしているか、しばらくのぞいたこともなかった。もちろん本妻にしてみれば、あまり面白くございませんけれども、しょうがないから我慢してたんでしょうね。

久しぶりにやってきてそんなことを言う。「鹿が鳴いているね」と言います。本妻が耳を澄ますと、本当に鹿が鳴いております。この鹿の鳴き声は、その当時、文学作品の大切なモチーフでございます。妻恋の鹿の鳴く声というのは歌枕にもなりますし、いろんなことを象徴的に思わせるもので、そういうふうな情緒を解するか解さないかというのが、人間を見る目のたいへん大きなポイントみたいなところがありました。

その実質的な、お化粧もあまりしない、地味な妻が耳を澄ましておりますと、鹿の声が聞こえた。彼女はおもむろに歌を詠んだわけです。「われもしか鳴きてぞ人に恋ひられしいまこそよそに声は聞けども」というわけですね。「あの鹿の声は妻を呼んでいる声ですけれども、私も昔、あんなふうにあなたに思われたことがありますわ、今でこそこんなによそよそしくされてしまったけれども」というふうな意味なんでしょうね。それを聞きまして、主人のほうはたいそう感じ入るわけです。たちまちもとの妻に心が移って、京都の妻を帰したという話がありますね。

こういうふうに、女の人がどこまでもいじらしい、男の人にとって都合のいいような女の存在といいますか、そういうふうな愛情の在り方といいますか、それがことごとしく物語集に載せられているというのは、男の人が、男と女が対等に恋を交わし合うのをあまり好かない、女はいじらしくなければ困るという、王朝時代の考えがそのままずっと持ち越されているからなんでしょうね。

もうひとつ同じような話で、男の人が急にいままでの女房がいやになりまして、「出てゆけ」ということになりました。昔のことですから、「出てゆけ」と言われれば、出なければならない。行くところもないけれども、奥さんはしょうがなくて、わずかな手回りの荷物をまとめて、しおしおと家を出ようとします。それで男が、「昔から夫が女房を去る時には、何でも自分のほしいものを持っていってもいいということになっているから、何でも持っていったらいい」と許したわけです。

そうすると、いままさに家を出ようとしていた妻が、にっこり笑いまして、「あなたほどの大事なものを置いて出る身に、何のそれ以上大事なものがあるでしょうか」と言ったんです。それを聞くと、主人のほうはたちまち気持ちが変わりまして、それをとどめて、末永くかわいがった、そういう話が載っておりますね。

けれども、そういうふうな女の気持ちが喜ばれるようなところに、本当の意味の恋は生まれなかったんではないかなぁと思いますね。本当の意味の恋というのは、われわれ女性にしますと、やはり磐之媛と仁徳天皇みたいに、丁々発止という火花の散るような恋が本当の恋だと思いますけれども、男性にしたら、本当はしおらしい女を可愛がりたい、というのが本音かもしれません。女と男が同じような高みに立って愛を交わし合える、というふうな地位でなかったんじゃないかなと思いますね。

夫を励ます妻

『今昔物語』より百年ぐらいあとになりますか、『沙石集《しゃせきしゅう》』というのがありまして、これは鎌倉時代の無住というお坊さんが書いた、たいへん面白い仏教説話集なんですよ。一つひとつの話が面白いので、私もよく小説の材料に使います。その中にある話なんですけれども、鎌倉時代ぐらいになってきますと、非常に強い自我を持った女の人も生まれてくるわけなんです。

鎌倉時代の末頃に、籤引《くじび》きという遊びがブームになりました。籤引きで相手を決めまして、お互いに贈り物をし合うわけです。そうするとその年一年は災いに遭わない、災難よけになるというふうな、そういう迷信がはやったわけです。

あるお公卿さんのお家で籤引きをすることになりました。そうすると、一番偉いご主人のお公卿さんの相手が、新参者の一番身分の低い下男になりまして、みんなどっと笑ったわけなんです。籤引きの時のプレゼントは、双方同じような額をプレゼントし合うことになっておりますから、下男は困って、しおしおと家に帰ってまいりました。

彼の女房は、貧しい家のことですから、いつも頭の上に物を載せて売り歩いたりしているような、働き者の女房です。その女房を呼びまして、「お前とも不思議な縁で、いままで仲良くしてきたけれども、いよいよこれで終わりだよ」なんて言いますね。「どうしてですか」、女房はびっくりします。「実はこれこれこういうことで、またなんと人もあろうに、俺の相手はお殿さまになった。お殿さまになったんじゃどうにも仕様がない。何をといって差し上げることもできない。これが同じような朋輩《ほうばい》だったら、適当にごまかすことができるんだけれども……」と言って嘆きました。「じゃあ、どうなさるんですか」。「これを最後に、俺は山の中へでも入って、世を捨てて法師にでもなってしまう。だからお前ともこれでお別れだ」とさめざめ泣いているわけです。

そうしますと、女房はきっとしまして、「そんなことを何もご心配なさらなくてもいいじゃありませんか。これはこんなふうに籤引きになったんだから仕方がない。山へ入って法師になってもようございますけれども、その前にできる限りのことをして、お殿さまに差し上げて、恥をかかないようにして、それから世を捨てればいいじゃありませんか。あなたがそんな気だったら、私も一緒に尼になります。この家はボロ家だけれども、幸い私たちの家だし、この土地も私たちのものだから、この家屋敷を売って、ありったけのお金をかっさらえて贈り物をつくりましょうよ」と言うわけです。

妻がそう言うのに励まされまして、下男は家屋敷を売って、四、五十貫の銭がようようにしてできました。彼はそれを細工師のところへ持ってまいりまして、「黄金の橘《たちばな》と銀の折敷《おしき》」といいますから、たいへん結構な細工物をつくるわけです。当日はそれを紙に包みまして、さあらぬ顔をして、ふところに隠してお屋敷にまいりました。

お屋敷では、目引き袖引きしてみんな笑っているわけです。あの下男はいったいどういうものをお殿さまに差し上げるんだろう、と。それぞれ籤引きのプレゼントを披露しまして、いよいよお殿さまと下男の番になりました。下男がふところから素晴らしい贈り物を出しました。みんながびっくりしまして、お殿さまが「どうしたのだ」とおっしゃったので、「これこれこういうわけでございます」と妻との問答を申し上げるわけです。

　その時に、私がたいそういいなぁと思って、大好きなのは、その妻の言葉なんです。「コレホドノアリガヒモナキ世間ハ、惑フトモ歎《なげ》クニモタラズ」と言うんです。「こんなしょうもない世の中は、これだけのもんじゃありませんか。嘆いたり、心配したり、迷ったりするほどのことないじゃないの」と亭主を励ますわけですね。「あなたがそのつもりで世を捨てるなら、私も捨てますわよ。その前にできるだけのことをして、みんなに義理だけ果たしておけばいいじゃありませんか」——そういう言葉は、やっぱり非常に強い自我がなければ言えない言葉ですね。もし私だったら、主人がそういうことをやってきたら、まず怒りますね。「しょうもないことをやって」と言いましょうね。その次には、しょうがないから、恥をかかないように、あっちこっち借金し回って、何とか調えようと思いますね。ところが下男の妻は、視点がころっと変わっているわけです。「そんなつまらない世の中だったら、こっちから捨てたらいい」と言い切れるだけの強さがあるわけですね。

　私たちは通常、まず社会があって、そのなかで、自分中心にものを考えているんです。彼女は自分中心は自分中心でも、社会との距離感覚が、私たちと全然違うわけです。自分あっての社会で、自分がいやだったら世を捨ててしまうという、非常に強い精神があるわけですね。

お殿さまはたいそう感心なさって、「そういうことだったのか、それはかわいそうなことをした。実は、私のほうはこういうプレゼントをしている」と一枚の紙切れを出されました。それは都に近いあたりの、何々の荘を千石与えるという、たいへんなプレゼントでございまして、下男はその荘をもらって、家もたいそう豊かに富み栄えました。「これも仏さまを信心している功徳でありますよ」というのが、後ろに必ずつくのが『沙石集』の特徴なんですけれども、そういうふうなことが言える女がぼちぼち出てきたというのは、鎌倉の末期ぐらいからでしょうね。ああいう戦乱時代は、女の人も、おとなしくしているだけでは、もう生きていけなかったのだと思います。

『方丈記』をお読みになってもわかりますけれども、天災地変がこもごも起こって、そこへもって、源氏と平氏が相争っているうちに、今度は鎌倉幕府の中同士で大騒ぎになる。次に鎌倉と京の朝廷方との大戦争になりまして、戦乱に次ぐ戦乱でございます。どこもかしこも、明けても暮れても、馬のひづめの音の聞こえない日はない。鎧《よろい》の草摺《くさずり》の音とか、戦いの雄たけびとか、そういう激しい時代に、しかも地震、雷、大旱魃《かんばつ》、大飢饉《ききん》が間断なしに襲うわけですね。鎌倉期の終わりごろの記録を読んでおりますと、これでもか、これでもか、というふうな時代にみえますね。そんな時代に、下男の妻ぐらいの強い気持ちで、「コレホドノアリガヒモナキ世間ハ、惑フトモ歎クニモタラズ」と言い捨てられるだけの精神が、やっぱり女の人にもだんだんできてきたんだろうと思います。だからそういう時代の恋愛の典型というと、もちろん名前なんか載っていない庶民ですけれども、名もなき下男夫婦というのが、私はたいへん好きなんです。

女が自分の腕で食べていくほどの経済的基盤は、まだその頃にはありませんでしたでしょうけれども、女がだんだん強くなってきて、同じように恋愛を楽しんだりしたという証拠に、まあ証拠というのでもありませんけれども、もうひとつこんな話があります。

あるところに天文博士の妻がありました。天文博士というのは、気象台のお役人に加えて占いをするのがお仕事みたいな役人ですね。彼の妻はたいへん美しいけれども、ちょっと浮気者でして、恋人がいるわけです。恋人は「朝日阿闍梨《あじゃり》」いう名前なんです。「阿闍梨」というのはお坊さんの位ですね。「朝日」というお坊さんです。

夫の天文博士が役所に行っております間に、妻は朝日阿闍梨とたいへん親密な関係になっておりましたところへ、現代でも往々にしてございますが、突然夫が早退《はやび》けして帰ってきたわけですね。「これはたいへんだ」と、朝日阿闍梨が逃げ出しましたけれども、その時遅くかの時早く、そこへ天文博士が入ってまいりまして、朝日阿闍梨が急いで西の戸口から出ようとするところを見てしまいました。

ところが夫は洒落《しゃれ》た気立ての男だったとみえまして、歌を詠みかけたわけですね。「あやしくも西に朝日のいづるかな」。そうしますと、朝日阿闍梨のほうもちょっと粋な人だったんでしょうね、「天文博士いかに見るらん」と返したわけですね。ここまではふつうの駄洒落でございますね。ところが、そのあとがおかしくて、ユーモアになると思いますのは、それを聞いた天文博士がたいへん笑いまして、喜びまして、「まあええやないか、一杯飲んでいきなさい」と言ったわけですね。

これは、きっと奥さんが非常にうまいこととりなしたんだと思いますね。結局それだけの強さが女の人にあったわけです。「一杯飲んでいきなさい」というのも、奥さんがいろいろと言わなければ、変な具合に白けてしまいますね。ところが、「二人はそれから飲めや歌えの大騒ぎになりまして、無二の親友になりました」とあるところをみると、奥さんのほうもかなりのしたたか者ではないかなと思います。

私は、恋とか情事とかに限りませんけれども、人間には器量というものがあると思いますね。三角関係の、切った張ったというのがございますが、これはその器量のない人が色事をするからではないか、と推察をしておるのでございます。人間にはそれぞれ、ものができる器量とできない器量があります。器量のある人だったら、色事をしても、「あやしくも西に朝日のいづるかな」「天文博士いかに見るらん」と、それから二人は無二の親友になりました、ということになるんですけれども、これが器量がないと、ここで血の雨が降るところでございますね。これはやはり、女の人が非常にうまく斡旋《あっせん》した証拠みたいなものですね。意外と庶民の間の女の人は、非常にしぶとく生き抜いてきていたのではないか。『今昔物語』なんか読みますと、そういう楽しい話がたくさんあるわけです。

その間、上流階級の女の人というのは、政略結婚の材料にされたり、それから『かげろふ日記』みたいに、ただひたすら待っているだけだったりという、そういう生き方をしていたのではないかと思います。『万葉集』の時代の、本当に両方が同じようなウェイトで恋をしたという時代には、なかなか戻りませんでした。

心中物が描く女

戦国時代から江戸時代になりますと、これはまた「義理」という言葉で縛られまして、昔みたいに、素足で大地を踏みしめて、自分の好きな男の人のところに走っていくことができる女の人は、誰もいない。

この時代で典型的なのは、近松門左衛門の『心中天網島《しんじゅうてんのあみじま》』に現れたおさんではないかなと思うのです。このおさんというのは、別に自分の何かを通して生き抜いたというものではなくて、非常にかわいい、いじらしい女の典型なんですけれども、その夫の紙屋治《じ》兵衛《へえ》と心中した遊女小春というのは、自我を立て通すことがマイナスのほうへ出まして、心中という形で自分の恋を貫いておりますね。

どうしてその当時の人々が、心中のドラマを見たがったか、あんなに心中がはやって、御奉行所がたびたび心中禁止令を出して、心中して生き残った者には、苛酷《かこく》な刑罰を科したかといいますと、心中して恋を全うする、つまり心中に至るほどの人が現れたということに対する羨望《せんぼう》だったかもしれませんね。それだけ本当の恋がみんなの間で望まれているというか、本当の恋がしたいという気持ちがあったんでしょうね。

私は、中年シリーズという連作でよく書いておりますけれども、取材に行きますと、四十代ぐらいの男性はいつも、「やあ、恋がしたいですなぁ」と言いはるんですね。あれは中年男性の真の叫びだと思いますけれどもね。とくに四十代半ばから上の男性は、若い頃に慌ただしく結婚しまして、その前は食べるのに精一杯でしょう。それから戦争の空襲や疎開をくぐり抜けてきまして、あれよあれよというちに年をとって、そのあとは一所懸命働かなければいけないというので、本当の意味の恋をしたことがなかった、これは取り返しがつかない、というふうなことを言いまして、「一番何がしたいですか」と聞きますと、「やっぱり恋がしたいですなぁ」ということになりますね。中年の男の人が、堂々とそんなことを言っていて、そういう人が日本を支えている中堅なんだなぁ、といまさらのように思いますけれども。

これは今と時代が一緒というのではありませんけれども、徳川三百年の間、出口なしという状態で、頭の上から押さえつけられているような庶民としては、やっぱり心中にひとつの夢を託するというような在り方があったんでしょうね。ただ、私はああいう中で、おさんというのは大好きなんです。徳川時代の恋のヒロインを一人挙げよといわれれば、『心中天網島』のおさんだと思います。

天満に紙問屋を持っている紙屋治兵衛というのが、子どもが二人あって、貞淑な女房のおさんがいるのに、いつとなく曽根崎新地・紀伊国屋の小春という遊女になじみまして、いつかは小春を身請けしようということになる。しげしげと通うので、家の商売も左前になってしまいます。みんなに諫《いさ》められるのですけれども、治兵衛はなかなか思い切れないわけですね。一方小春は、治兵衛の恋敵で、たいへんいやなやつの太兵衛というのに身請けされそうになります。それでいろいろ悩んでおります。そういうところから幕があくわけですね。

小春と治兵衛は、いろいろ退《の》っ引《ぴ》きならないことがあったりして、二人で心中しようということになります。それを聞き知ったおさんが、これは夫の一大事、小春もかわいそうと思って、小春にこっそり手紙をやりまして、「どうか心中だけは思いとどまってほしい、治兵衛に愛想づかしをして別れてほしい」と書きます。

小春はおさんに義理を立てまして、思い切ろうとします。心ならずも治兵衛に愛想づかしをするわけですね。治兵衛はそれを真に受けて、小春はやっぱり遊女だったと、そういうことを考えます。

それだけだったら、おさんは型にはまったいやらしい貞女なんですが、おさんはたいへん嫉妬しているわけですね。治兵衛が、心変わりした小春と、きっぱり切れると言いながら、家に帰ってくると、こたつに顔を伏せて泣いているわけです。そうしますとおさんが、たいへん恨むわけですね。恨むところで、おさんはたいへん人間らしい、女らしい女に描かれていて、そこがたいへんいいんです。「女房の懐には鬼が住むか蛇《じゃ》が住むか」というのは有名な文句で、昔、森田たまさんが、「嫉妬の言葉で、これ以上かわいらしい嫉妬はない」と書いておられましたけれども、「あなたは、私の懐に鬼か蛇が住むみたいに、ちっとも寄ってくださらないじゃありませんか」と、涙とともに掻《か》き口説くわけです。

嫉妬しなければ、おさんというのはタダの貞女で何の魅力もないところです。それだけ小春にいろいろと頼んだり、工作したりしながら、夫がまだ本当は思い切ってないと思って焼き餅を焼く。治兵衛は、「そうじゃない」と涙の顔を上げて、「小春は太兵衛に身請けされるから、それが悔しくて、男の意地が立たないから泣いてる」というわけですね。

おさんは、「小春は太兵衛に身請けされるはずがない」と言います。「はずがないって言ったって、本当はそうなんだ。あれが遊女というもんだ」と治兵衛が言うわけです。「それでは悲しや、小春は死ぬ気であろう」と、おさんは愕然《がくぜん》といたします。

小春がどれだけ治兵衛を愛していたかというのは、おさんがよく知っているわけなんですよ。それが、小春自身も嫌っている太兵衛に身請けされるというんだったら、これは死ぬ覚悟に違いない。そう言いますと治兵衛が笑いまして、「何であんな売女が死ぬものか。薬飲んで、灸《きゅう》をすえて、せっせと養生するわいな」というふうなことを言う。「いいえ、そうじゃない」と、そこで初めておさんが、自分が手紙を出したから、彼女は心ならずも愛想づかしをしたんだ、ということを打ち明けます。本当に悪い女だったら、しかも、したり顔の貞女のおさんだったら、そこで黙っているわけですね。一緒になって、「小春というのは本当はそういう女だったんだ。あんたいままで目が覚めなかったんですか」と、恨み言のひとつも言うわけなんですけれども、やっぱり秘密を自分の胸にしまっておけなくて、夫に対して、「小春さんは本当はそんな気じゃないんですよ、私が手紙で頼んだから、わざと愛想づかしをしたんです」と言うわけです。そして、「早いとこ行って、身請けの金を太兵衛より先に出してきなさい」。「そんな金はない」と治兵衛が言いますと、「ここに私の衣装がある。これを持っていってください。男物の着物と違って、女の衣装だったら金になるかもしれない」と、子どもの着物まで、洗いざらいそっくりと、箪笥《たんす》の中のものを出します。こういうところも、たいへんうまい女心ですね。

われわれ女は、亭主が家を売ったって、何ともありません。平然としてますけれども、箪笥の中の物に手をつけたら承知しませんからね。私だって、主人が私の着物や洋服を全部たたき売ったら、決然として立ち上がりますわ。そういうところが女にはありますね。

女の着物をみずから風呂敷に包んで、「これを持っていって、早いこと小春さんを助けてください」と言ったりするところ、決定的におさんが可愛くなりますね。その時のおさんの言葉が、またちょっと泣かせるんですね。「私や子どもは何着ィでも、男は世間が大事」と――男の人は着るものをちゃんとしないといけないけれども、私らは裸でもいいというわけです。そうしますと治兵衛が驚きます。「そんなにしてもらって、神さんや仏さんの罰は当たらないでも、女房の罰が当たる。ああもったいない」と、おさんを拝むわけです。こういうところは非常に珍しいところで、当時から二百何十年の間、人々がこのドラマを愛したというのは、やっぱりこういうところがあるからじゃないでしょうか。江戸時代は男の人はこわもての時代、侍文化の時代ですから、心の中ではどんなふうに思っても、表面にはそれを出すことはできない。思っていることの十分の一も言わないし、もちろんありがたいと思っても、口に出すことはない。女房がかわいい、あの女が好きだと思っても、そんなことを侍が軽々しく言うものではない、としつけられてきたし、男はそれが美徳だと教えられて生きてきている時代です。恋の中でも、両方あらわに恋をする恋が一番じゃなくて、忍ぶ恋が一番というふうに、非常に沈潜した、抑制された時代ですね。

そういう時に治兵衛が、大の男が、「神さんや仏さんの罰は当たらなくても、わしには女房の罰が当たる、ああもったいない」と手をとって拝もうとする。侍から見ると治兵衛は唾棄《だき》すべき男ですね。実に優男《やさおとこ》の典型みたいな、男の風上にもおけないようなやつ、と昔の男の人たちは思ったかもしれないですね。でも私なんかからみると、非常に正直で、男というよりも、本当の意味の人間味というものを感じますね。そんな言葉を素直に言える男の人というのは、われわれにはたいへん可愛らしい。ひょっとしたらそれでおさんの母性愛をくすぐっているのかもわかりませんけれども、そういうことが言えるというのは、本当の意味の恋が成就するひとつの要素みたいな気がしますね。だから、きっと治兵衛と小春というのは、本当に恋愛をし合ったんだろうと思われます。

治兵衛がそういうふうに拝みますと、おさんが、「まぁ、もったいない、その手をあげてくださんせ」というふうな、非常に可愛いことを言うわけです。

結局、小春と治兵衛は、おさんの心づかいもむなしく、心中してしまうことになるんですけれども、江戸時代という非常に一種特別な、少し変わった時代といいますか、本当の意味の人間性というのが押さえつけられてきた時代に人間らしい恋を描いたという点が、近松の作品がたいそう好まれた理由のような気がします。

これが井原西鶴になりますと、また少し趣が変わりまして、西鶴の小説の中に、自分の恋を貫いた大名のお姫さまというテーマの、非常に短い小説があります。

お姫さまが身分の低い侍と、手に手をとって駆け落ちしたわけです。そうしますと、みんなにたいそう非難されます。「姫君ともあろう者がみだらなことを」と言いますと、彼女はそれに反駁《はんばく》して、「みだらというのは、たくさんの男と節操もなく一緒になることで、私はこの人が好きで、たった一人の人を選んだからみだらじゃない」と言い返します。

これは西鶴の恋愛観といいますか、その当時の町人の勃興の機運に乗って言えた、非常に強い言葉でして、近松と同じような世界ですが、裏表の世界になっておりますね。

近松の作品は、一応読んだところでは、たいそう弱々しくて、敗者の文学みたいな感じがしますね。ところが、本当の意味で、これほど強い文学はないような気がします。おさんにしろ小春にしろ、一応はなよなよして、素直で、やさしいように見えますけれども、ちゃんと恋を貫いていて、非常に強い女だという感じがします。

男女対等の立場

明治時代へくると、本当に恋愛が成立するというのは、与謝野晶子を待たなければ、あとは出なかったんじゃないかなと思います。

与謝野晶子は明治十一（一八七八）年に生まれています。それで『みだれ髪』が三十四年ですけれども、初めて彼女が、『みだれ髪』の中で、「男かわゆし」という言葉を使った。「下京や紅屋が門《かど》をくぐりたる男かわゆし春の夜の月」というんです。明治三十三年の歌ですかね。「男かわゆし春の夜の月」――三十年代で、よくそういう言葉がぱっと出てきたと思いますね。それまで、女の人は誰もそんなふうな歌はつくれませんでした。

たとえば和泉式部なんかが、恋の歌でたいへんいい歌を万葉以降詠んでおりますけれども、それにしても、そこまで強く言い切ることはできなかった。やっぱり和泉式部の恋の歌でも、ある意味では受動的なものでして、与謝野晶子みたいに、挑発的な強い恋の歌はなかなか詠むことはできない。晶子は、もちろん与謝野鉄幹と一緒になってから、初めてそういう歌ができた。そういう意味で、鉄幹と晶子の恋というのは個人の恋ではなくて、日本の文学史上、特筆すべき恋愛だったという気がします。

私たちがはじめ与謝野晶子の歌になじむのは、恋の歌じゃなくて、絵に描いたようなきれいな歌から入っていきますね。有名な「清水《きよみず》へ祇園をよぎる桜月夜こよひ逢ふ人みなうつくしき」の歌や、「ほととぎす東雲《しののめ》どきの乱声《らんじょう》に湖水は白き波たつらしも」「春の雨高野の山におん児《ちご》の得度《とくど》の日かや鐘おほく鳴る」といった、絵画的なきれいな歌から教わります。けれども彼女の真骨頂というのは、『みだれ髪』の恋の歌ではないかなと思います。

後になって与謝野晶子は、晶子の歌というとそういう恋の歌を引かれるのが不満でして、「私はそれよりもっとあとにできた歌のほうを、もっとたくさんの人に読んでほしい。ああいう歌だけで私の文学がいろいろに批評されるのは、たいへん心外である」と言っております。彼女は生涯に四万五千首という歌をつくってますけれども、それでもやっぱり、『みだれ髪』にある歌を超えるような歌は、あんまりたくさんないんじゃないかと思います。

それはどうしてかというと、やっぱり挑戦の気魄《きはく》があるからなんでしょうね。それまで女の人は、男の人と対等の立場に立って愛を交わすということはありませんでした。与謝野晶子になって初めて、恋というのは女と男と同じところの同じ高みに立って、互いに交わし合うものであるということが出てきますが、これを教えたのは鉄幹なんです。やっぱり晶子の歌は鉄幹あってのものですし、鉄幹自身の詩集も晶子あってのものだと思われますけれども、そういう意味で、晶子と鉄幹の恋は、大げさにいうと、近代文学を開いたといってもいいでしょうね。ですから、江戸時代を代表するのがおさんと小春と紙屋治兵衛の三人の恋だとしたら、明治は晶子と鉄幹の恋から始まると思うのです。

もちろんそのあとにも、有名な歌人、文学者、それからたいへんセンセーショナルな恋愛事件というのがありましたけれども、それらと区別する一番大きなものといいますと、鉄幹が、恋愛と人生を分かちがたく考えていたことでしょうね。そこに文学というものがあって、三つ巴になっている。

彼の主張をかいつまんでいうと、人生というのは心を野晒《のざら》しにして歌うものでなければいけない、人生は人生、文学作品は文学作品と、そういうふうに二つに分かれているものであってはいけない、これが本当の意味の人間の解放であるという。そういうのが明星派の宣言だったわけです。

鉄幹には、文学することによって、自分の人生を改革してまた世の中を動かしていくという、非常に激しい主張があったわけです。だから晶子の歌う歌は、単に鉄幹に対する思慕の情だけではなくて、それでもって世の中を動かしていくような、若者の気魄があったわけですね。晶子の恋愛は、歌と自分の文学的な成果の仕事と人生とを、別々にして考えることができないんです。

これに匹敵するぐらいの強さといいますと、やっぱり万葉の恋歌ぐらいのものではないかなと思いますね。もちろん万葉時代の人は、そんなむつかしい文学上の理論があったわけじゃなくて、生活からそのままほとばしり出たような歌なんですけれども、晶子はそれに文学的な持論を裏打ちしてつくりました。その強さと情熱という意味では、晶子と『万葉集』というのはつながっているような気がしますね。

鉄幹が主宰する『明星』で活躍し、晶子と歌を競い合った、山川登美子の歌は、文学的には晶子よりたいへん上だと思いますけれども、人生と歌を込みにした場合に、私はやっぱり晶子のほうが明治の代表選手だったという気がします。二十九歳という若さで亡くなった登美子がもう少し生きていれば、晶子をしのぐ文学的な成果を残したかどうかという疑問をいろんな女流作家が書いておられるので、たいそう興味があったんですけれども、吉屋信子さんは「彼女はやっぱりあそこで死ぬ運命であって、あれだけの人生で、持っているものを全部燃焼した」と言っておられます。私もどちらかというと、そうではないかなと思います。もし彼女に本当に生きるだけの生命力があれば、鉄幹を晶子に譲らなかっただろうという気がします。私の調べた限りでは、晶子と登美子は鉄幹をかなりせり合いまして、その揚げ句、晶子のほうが肉親を捨てられるだけの強さがあったんでしょうね。

晶子の故郷、明治三十年代の堺はたいへん封建的なものですから、その中で晶子が肉親を捨てて、東京まで駆け落ち同様に出てきたということは、明治というひとつの時代そのものが高揚している時代で、その波に乗ったんだろうということもありますけれども、晶子が出るまで千何百年の間、日本の女性は長いこと眠っていたんだという気がしますね。

晶子を調べた時に、堺に住んでいらっしゃる方に、「晶子さんのことを知っておられる方はないでしょうか」と聞きましたら、「それはほとんどありません。なぜなら晶子さんが東京に出てから、堺でたいそう評判になりまして、何というふしだらな女であろうか、ということで、もちろんご本家のほうは口を閉ざしてしゃべられませんし、晶子さんの友達だった人もみんなそれを恥じて黙ってしまったんで、晶子さんに関する言い伝えがあんまりないんです」ということでした。

明治の時代、閉鎖的な状況の中で、それを突破するというのは、われわれがいま考えているより、もっと大きな事業だったと思うのです。ですから晶子の恋歌は、そういうものを背景にして初めてわかるんであって、小説とか読む時に頭で考えているのとは、かなり違っていたように思うんですね。ひとつの時代が新しく開けていくという時には、与謝野晶子ぐらいの強さを持った女の人が出てもらわないと、いけなかったんでしょうね。

だいたい戦争中、私たちの少女時代でさえ、晶子の恋歌、『みだれ髪』の歌は読ませてもらえませんでした。私が『みだれ髪』を初めて読んだのは、女学校の二年か三年ぐらいの時で、こんなすごい歌があったのか、と思ってびっくりしたんです。その時の驚きがいまだにありましたので、私は長いこと温めておりまして、『千《ち》すじの黒髪』に書いたんですけれども、自由というのは、たいへん大きな民族的財産だという気がしますね。

それに比べますと、樋口一葉の書いた小説のヒロインたちというのは、『にごりえ』とか『十三夜』を見てもわかりますが、彼女は明治時代というよりも、むしろ江戸の続きみたいな感じのする女たちを書いています。私は好きという点からいえば、一葉の小説の主人公たちはみんな好きなんですけれども、これはみんなおさんの分身なんですね。一葉もその当時の女流小説家たちも、やっぱり近松と西鶴の影響から抜けて出ることはできませんでした。結局それを打ち破ったのは、晶子一人だという感じがします。

一葉の中で、『にごりえ』のお力と、『たけくらべ』の美登利はちょっと違って、スケッチに色彩が色濃くつけられておりまして、系統が少し違いますけれども、その他の女主人公は、江戸時代の浄瑠璃や読本のヒロインたちと、あまり変わってないような気がします。『心中天網島』もそうですし、『曽根崎心中』のお初なども、そのまま一葉の小説に出てきたらいいみたいな感じです。

私は一葉自体は好きなんですけれども、新しい恋のタイプを描いてみせてくれたという点では、自分の人生もろともに歌をつくった晶子に、軍配を上げたいような気がしますね。晶子以降、それを突き抜けるだけの強さのある女流作家というのは、百年経ってもまだ出ていないような気がします。

ただ西鶴の小説を、明治でそのままつながって出したという女流がいませんで、西鶴の『世間胸算用』に出てきます大晦日《おおみそか》の話なんですけれども、長屋の連中が、お金がなくて、どういうふうに年を越そうかと考えております。それぞれあっちこっちから借金をしたり、質に入れたりする、そういうありさまのてんやわんやぶりが、たいへんおかしく書かれているんですけれども、その中で女の人がちょっとだけ描き出されておりますね。

それは非常に気むつかしい浪人の女房なんです。昔はたいそういい暮らしをしていた女房が、いまは落ちぶれ果てておりまして、浪人が何ぞというとしちむつかしく言って、刀を振り回したりする。ですから夫婦とも長屋の鼻つまみ者になっております。その女房が浪人に言われて、ややこしいものを持って質屋にやってきて、お金を借りようとする。それがあんまり金にならないような代物、つまり、薙刀《なぎなた》の鞘《さや》だけなんです。それで質屋の親父が何かといろいろ言って、婉曲《えんきょく》に断ろうとするのですが、なかなか出ていかないわけです。「私はこう見えても親はどうこうした名家、言うただけのお金を貸してもらわなければば出ていかれない」などと言ったりする。それを西鶴は描写しまして、昔はいい暮らしをしただろうに、落ちぶれて無理なことを人にねだるとは、残念だ、というのが入っておりますね。

西鶴は非常にスケッチ力のすぐれた人ですから、ほんの一、二行のことで、その女房の顔から、言葉つきから、口つきから全部をあらわしているわけです。そういうふうに非常に強い女房をチョロチョロと書いたりして、たいへん面白い。

「貧すれば鈍する」といいますけれども、いい育ちをしたお姫さまが、そういう陋巷《ろうこう》の長屋に落ちぶれ果てて、「これだけもらわなければ出ていかない」と、変な言葉で言いますと、いわば尻をまくったという格好になっておりますね。そういう尻をまくった女を文学にしたのが、西鶴のそういう作品以降、ないわけです。

恋愛のある家庭を

女の人が尻をまくらないと、本当の意味での恋はできない。ところが江戸時代でも明治時代でも、尻をまくった女に美を認めないわけですね。本当を言えば、与謝野晶子はたいへん大きく尻をまくったわけですね。

現代では、女の人は解放されたり、強くなったりしたと言われますけれども、西鶴の小説にちょっと書かれたみたいな、尻をまくった女の人のすさまじさというのは、まだ捉えられていない、つまり文学に定着していないと思います。現実に生きている人も、本当の意味で尻をまくった、という生き方はしていないんじゃないかしらと思いますね。一応形としては現代の女の人は解放されているし、どんなふうな恋愛もできるし、結婚の形態もできるでしょうね。ですけれども、これが本当の意味の女の強さかというと、たいへん疑問の点があります。

私たちは現代、いろんな恋愛を見てきましたけれども、どっちも同じ高みから愛したり、恋したりということが、解放されていない。そういう点では、王朝時代からあんまり変わってないような気がするんです。『万葉集』時代の、あれだけのびのびした恋愛は、いまではないように思われます。これはちょっと何なんですけれども、ひとえに男性のほうの責任じゃないかなと思うのです。女子大などで講演しますのは、「すでにいまの男性は手遅れである。あなたたちが結婚なさって男の子ができたら、男の子の教育をちゃんとやってほしい。恋愛が現代に市民権を持ってないのは、一にかかって男の人の責任にある」など私は言うわけです。

ボーヴォワールとサルトルが、自分たちそれぞれの生活を確保していて、ちゃんとした結婚生活、愛情を貫いてやっているわけでしょう。ところが現代の人は、結婚はあっても、愛情がない――愛がなくても結婚ができるという形になってますね。われわれはやっぱり愛情があって結婚する、そういうふうなもとの形、『万葉集』の時代に戻したいんですね。『万葉集』の非常にきれいな恋歌を読むと、これは恋人じゃなくて夫と妻なんですが、夫と妻のあいだに恋愛が成就しないというのは、これは家庭のつくり方そのものが悪いせいではないかなと思います。

日本の家庭というのは、「家庭」という入れ物だけがありまして、愛情がなくてもどんどんできてしまうわけです。ステレオだとか、電気冷蔵庫、それから子どもなんかがそろいますと、どんどん一丁、二丁と家庭というのが上がっていく。そんなふうに次から次と家庭ができていて、本当の意味の結婚があるのかなと考えた時に、よりいっそう恐ろしい感じがします。日本では結婚がなくても家庭ができる、これはどういうことかなといつも思うんです。本当の意味で、恋愛が日本の社会で市民権を持っていないからではないかなと思います。その意味でも、万葉の昔の夫と妻のように、互いに相聞《そうもん》を詠み合うようなことができなければ、現代の、本当の意味での恋愛は成就しないと思います。

少し話が飛びますが、こういうのが本当の夫婦じゃないかなと思ったのは、あるアンケートを読んだ時なんです。各界の名士に、奥さんについて一言で言ってくださいというのがありまして、三木のり平さんがたった一行で書いておられるわけなんです。「家へ帰るといつもいます」というんですね。これは非常にうまい奥さん評ですね。他の方は、「たいへん気がやさしい」とか、「働き者です」とか、「口うるさいけれども、ちゃんちゃんとやってくれます」とか、「私をよく理解してくれます」とか、そういうふうなことなんですけれども、彼は「家へ帰るといつもいます」と書いてます。これは入れ物の家庭だけじゃなくて、家庭の中に愛があって結婚がある、つまり愛があって結婚があるから家庭ができたんだ、そういうふうなことを考えさせられました。

私たちが、いま一番いい恋愛とはどういうものかを考えた時に、やっぱり「家へ帰るといつもいます」という形になってしまう。それは外へ出て働いている奥さまはそれじゃ妻じゃないのか、家庭じゃないのかということとは別でして、それを言った時ののり平さんは、「家へ帰るといつもいます」と言えることを、たいへん幸せに思われたに違いないと思うんですね。たとえ奥さまが外へ出て働いていらしたにしろ、そういうことを言えるだけのものが家庭にある、こういうのが本当の意味の結婚で、本当の家庭ではないかなと思います。

ですから、わかってもらえるかどうかわからないけれども、女子大へ行きますと、せっせせっせと、「恋愛して家庭を持ってください」と言います。本当はこういうことを、私たち中年の大人が声を大にして言わなければいけない。愛し合いました、だから結婚しました、家庭を持ちました、といいおじいさんやおばあさんが言わなければならないんです。ところがそれだけのことを言える中年以降の男性、女性が日本に何人いるかなと思いますね。

見合い結婚で、ちょっと気が進まないというお嬢さんに、「そんなものなんだから、ほどほどのところで諦めなさい、あんた年いくつなの」という言い方をしますね。そういうふうな結婚で、結婚していれば長いこと暮らしているうちに愛情が湧くんですよ、そのうち子どもでもできれば気も変わりますよ、と諭すのが中年の人間の責任みたいな気風が日本にありますね。こんな国では本当の意味の恋愛ができるはずがないし、恋愛美学論を本当に戦わせるような大人たちがあるはずはないと思うのです。

これは『女の長風呂』に引用させてもらいましたけれども、私の知っている新聞記者の方で、団地に住んでいまして、通勤の時はいつも新聞を読みながら、バス・ストップで待っているんだそうです。ところがその新聞小説が、私の『すべってころんで』みたいなんじゃなくて、非常に濃厚な、楽しい、こってりとしたものなんですね。急にそそられて、慌てて家にとってかえして、奥さんを押し倒したという話、これは実話なんですよ。ちょっとエッチな話で申しわけないんですけれども、楽しい話なんで私は大好きなんです。そういうのが本当の意味の人間の結婚でして、人間の恋愛というものじゃないかなと思うんですよね。中年の人たちが、心からしみじみと、「やあ、恋愛をしたかったなぁ」と、そういう過去形で言うんじゃなくて、現に恋愛のある、それから結婚のある家庭をつくらないといけないと思いますね。

これは別にむつかしいことじゃなくて、よその国だったら当たり前のことじゃないかなと思うんです。それでもって離婚が、ソ連にしろアメリカにしろ多いのは、そういうことなんでしょうね。家庭の中に結婚がなくなったら、彼らはすぐさま家庭を解消してしまう。日本みたいに、結婚がないのに家庭だけが何十年も続くことはない。

この間も、趣味の違う夫と三十年も暮らしてきたという短歌が、新聞の投稿欄で一位になっておりまして、全部は忘れましたが、最後の文句がいいんです。「忍耐の二字胸に刻みて」というんですよ。これが最大公約数の結婚なんではないかな。選者の先生が一位に推していらっしゃるというのは、やっぱりご自分の胸に響くんじゃないでしょうかね。そういうところでは、人間解放というか、恋愛解放というのは、まだまだ道遠しという感じがいたしますね。

（1973年5月22日）

「商店が並ぶ雰囲気が大好き」と話す田辺聖子さん
（一九六四年撮影）

Ⅱ◉「やさしみ」と「ユーモア」

「やさしさ」を持ちたい

「やさしみ」にはずいぶんたくさんの意味がございまして、普通一般にいわれる、やさしい声をかけたり、電車の中で席を譲ったりするのは、「やさしみ」というよりも思いやりで、ちょっとした小さな親切運動なんて言いますね。

「やさしみ」という中には、恋することができる気持ちがあります。いつでも恋愛をするのに、とくにねじり鉢巻きをして、手に唾《つば》をつけて、勇み立ってするものじゃありませんけれども、いちばん大きな土壌は「やさしみ」という気持ちでございます。これは日本人には二転、三転して、非常にひねくった形に表れることが多いので、私は小説の一番大きなテーマに、そういうようなものを考えたいと思うのです。

私の場合、小説を書く時は、人間関係をもとにして、人間関係にしか興味がないのです。これは男と女の形にいちばん強く圧縮して表れておりますから、いちばん興味のあるのは男女関係ということになります。したがって「やさしみ」が人を愛することができる気持ちとか、恋ということになって、絶えずそういうものばかりを追求して書いているわけなんですけれどもね。

この「やさしみ」を、私の大好きな話なんですが、たとえて言いますと、東京の虎ノ門に酔っぱらいを入れる警察署がありまして、ここの留置場の係のおまわりさんは、ふつうのおまわりさんでは勤まらないそうです。相手は酔っぱらいのことですから、何をするかわからないわけですね。雑言を言ったり、大暴れをしたりするので、剣道何段、柔道何段というような、腕力が強くて、しかも気持ちの練れた、やさしいおまわりさんを集めなければいけない。桃太郎みたいな人を集めるんだそうです。

集まってくる酔っぱらいを見ておりますと、収容されるたんびに、だんだんと身なりが悪くなったり、いかにも落ちぶれたような格好で入ってくる。酔っぱらいの落ちぶれ方を見ただけで、その行く末がまざまざとわかるような気がする、と係のおまわりさんがおっしゃるわけなんです。いちばん偉い警部さんは、ご自分はちっともお酒を召し上がらないんですけれども、そういう酔っぱらいを長年見ていらっしゃって、それでしみじみと、「しかし人生に酒は必要ですね」とおっしゃるんですね。

私はこの言葉が大変好きなんです。私も少したしなみますけれども、ふつうお酒を召し上がらない人は、「お酒なんてどこがいいんですか。体を損ない、お金を使うだけじゃありませんか」と言われるのに決まっておりますけれども、そういう酒がもたらした弊害というか、人生のあわれをつくづくと見てきた人が、「やっぱり人生に酒は必要だ」と言う、こういう気持ちが人間にとっていちばん必要な気持ちですね。日本人は、本当はこういう気持ちをいちばん上等の部分に置いて、こういう人たちを育てることを眼目にしてきたはずなんですけれど、どうも終戦後、かえってあべこべになって、そういうのがなくなってしまいまして、たいへん残念なんです。

ですからこういう気持ちが大切だ、人間にとってやさしさが重要だということがわからない世の中で、本当に恋愛が成就する、プラスのほうで発揚することができるとは、私には信じられないわけなんです。できるだけ、聞いて「いいなぁ」というお話を拾って書いていこうというのが、いわば私の小説の成り立ちみたいなものです。

それからもうひとつ、やさしさで思い出しますのは、私の娘の話なんです。いまはずいぶん大きくなりまして、高校へ行っておりますけれども、この子が中学一、二年の頃、ある時すごく涙ぐんで帰ってきました。学校から帰りますと、だいたいいつも私の書いている机の横で、いろいろ学校であったことをしゃべったりいたしますけれども、その日は目をふくらませて帰ってきたので、「どうしたの」と私は言ったんです。その子はテニス部に入っておりまして、テニス部の友達に意地悪を言われたと半泣きになっているんですね。

彼女は背が高くて、よく太っておりまして、日焼けしていますから、前も後ろもわからないほど黒いんです。鬼をもひしぐばかりの大女なんですけれども、案外気が弱くって、そんなことを言っているんですよ。そこで私は、「意地悪言われたら言い返しなさい」って言ったんです。私は、男の子よりも女の子のほうを、うんと強く育てなければいけないと思っていたんです。男の子は放っておいても、社会の仕組みがそうなっておりますから、どうしても女房や子どもたちを養うとか、自分一人で食べていかなければいけないというふうになりますから、自然と強く生きなければ、しょうがないようになる。

ところが女の子というのは、その頃は親の手もとから直接夫の手もとに託されますと、その間に女として生きる場がなかったんですね。たとえば女の人が事務員で勤めますと、「女の子、お茶汲《く》んで」と、「女の子」と言われます。そして結婚しますと、だれそれ夫人とか、だれそれの奥さまと呼ばれて、何野何子として生きる場がどうしても少なかった。これからは女として、何野何子として生きてもらわなければいけない。まあそんなにむつかしく考えて教育していたわけではさらさらありませんけれども、とにかく女の子というのは、ほっぺたの右を張られたら、向こうの左を張り返してやるぐらいのつもりでなければいけないと、私はそう思っていたわけなんです。

そういうふうに娘に言ったんですが、「そんなんよう言わんから泣いてるのに、あとからあとからいろいろ言いやんねん」。彼女は泣いていたそうです。そうしますと、男女共学の公立の中学ですから、男の子の生徒が遠くでそれを聞いておりまして、つかつかとやってきて、「おい、もうあしたにせえや」と言うたんだそうです。これは非常にいい言葉でして、われわれ三文小説家ではちょっと考えられないといいますか、女の子にはちょっと考えられないような「やさしみ」ということですね。

ふつう、やさしさといいますか、恋というようなことは女の人の一手販売ということになっております。ですけれども、四十代半ばまで生き長らえてきますと、本当にやさしい言葉はどうも男の人が出すんじゃないかなと思いますね。女は結局は強いんじゃないですか。種族としては非常にこわもてでございまして、「あしたにせえや」という、非常にうまいいたわりの言葉は、ちょっと出てこないですね。私は、これは女の人自体がゆとりのない生活といいますか、そういう本質的なものがあるせいではないかなと思います。その男の子は年少ではありますけれども、男の端くれでありますから、ものごとを客観的に眺めて考えるという本質があるわけですね。それで「あしたにせえや」なんていう秀句が飛び出してきたりするわけですね。

そういうところから、人間の本当に人間らしい気持ちというのが養われて、それが結局人を愛することができる、恋することができるということにつながっていくのではないかなと思うのです。「やさしみ」という言葉を聞いた時に、普通一般にいわれるやさしい声を出して、猫撫《ねこな》で声でものを言うんじゃなくて、本当の意味のやさしさが社会にあふれたらいいな、とそんなことを考えたりする。

この「やさしさ」というのは、どうも教養ということと同義語かもわかりませんね。教養という言葉もずいぶんたくさんの意味がありまして、太宰治は、「教養とは羞恥心《しゅうちしん》である」と言いました。太宰は厚顔無恥ということをたいそう嫌った人ですから、人間が人間に対してはにかみを持つ、それをその人の人生の集積みたいに考えたわけですね。「羞恥心」という言葉も一部をなしているかもわかりませんけれども、やっぱり「やさしさ」というものですね。

それから「やさしさ」というのは、私の場合、想像力ではないかなと思います。日本人がどうも恋愛下手であって、そして恋愛しにくい精神風土であるのは、これは想像力にもよるんでしょうね。「私がこういうふうに言ったら、向こうの人にこういうふうに受け取られるだろう」というふうな、想像力のある、なしは、大人と子どもの差だと思うんです。日本人はそういうところで、非常に子どもっぽいですね。昔の人たちはもう少し想像力があって、思いやりがあったかもわかりませんけれども、どうも戦後の日本人は、日本人自体が子どもっぽくなりまして、想像力をたくさん貯《たくわ》えることをしない。本当の教養というのは、想像力のことなんですがね。想像力のないところに、また恋愛も生まれるはずはないと思ったりします。

その想像力をいかにして養うかということになりますと、我田引水になりますが、いろいろ小説を読んでいただきたい。とくに私の小説を、とは言いませんけれども、現代ではたくさんの雑誌や、単行本が氾濫《はんらん》しておりますね。また片一方に愛だの、恋だのがいっぱい氾濫しています。私の好きな、誰かの投稿の歌に、「ちまたにはちまたの恋が満ち満ちてわれはこよなくロダンを愛す」というのがありますが、本当にお手軽な巷《ちまた》の恋がどこにでも転がっていて、石を投げたら恋に当たるという時代でございますけれども、本当の恋がたいへん少ないのと一緒で、本当の小説というのがなかなかないですね。

本当の小説、嘘《うそ》の小説、その定義をしゃべっておりますと、長くなりますけれども、人間にやさしい気持ちを呼び起こすといいますか、人間のやさしさをたくさん貯えさせてくれる、そういう言葉がすぐ出たりするように、人間の心の土壌を深く耕してくれる小説を、私たちは本当に読みたい気がしますね。

ユーモアのある、なし

この、想像力を養う、ひいてはやさしみを養うというのは、これは必然的にユーモアにつながってまいりまして、結局ユーモアというのはゆとりですので、ゆとりのあるところにやさしさも想像力も生まれます。それでもってユーモアというのが出てくる。

だいぶん昔の話でございますが、私、毎日放送で短いラジオドラマを書いておりました。ラジオを聴いてる人の投稿をもとにしまして、五分ぐらいのドラマをつくるわけなんです。五分のドラマですけれども、コマーシャルが入りますから、正味四分ぐらいになります。ある時、中学生のお母さんの投稿がありまして、そのお母さんの曰《いわ》くに、息子の卒業式に出席したところが、式がだんだん進んでいままさにクライマックス、「蛍の光」が歌われようとしました時に、在校生の一部の男の子たちが、突然調子っぱずれの変な節で歌を歌いだしまして、満場の生徒がげらげら笑いだして、せっかくの厳粛な式の雰囲気がぶちこわれてまいりました。ああいうことをするのは、非行少年に違いありません、というような投書だったんですよ。

一緒にその脚色をしておりましたのが藤本義一さんだったんですけれども、義一さんは女というのはこういうふうな考え方をする、非常に最短距離を突っ走ってしまう、と非常に笑うわけですね。私は、手紙を見ただけでは、ちょっと反駁《はんばく》できなかったですね。女は元来白だから白だと、すぐに白黒をどっちかに決めつけてしまいまして、その間の灰色の世界を認めないところがございますね。これはその人だけのものじゃなくて、女の本質で、それだから女が馬鹿でどうだというのではないと思うのです。

女の人は非常に律義で、まじめで、小心で、男の人の物差しになるようなところがございますね。たとえばリトマス試験紙みたいなもので、女のそばへ持ってくると、男がいかにゆがんでいるかということがわかるという、非常にまじめな、きわめてきまじめな点があります。それはやっぱり、それをそのままスライドしていきますと、ユーモアがわかりにくいという点があるのかもしれませんね。

ユーモアがわからないのは、女の人にとって悪いことではなくて、女の人自体の持っている本質ですから、しょうがないと思うんですよ。だって女の人は子どもを育てますね。

子どもを育てる場においては、ユーモアが生まれるはずがないんです。相手は生き物で、水気がたっぷりですから、ちょっとでも乾上《ひあ》がりますと命にかかわりますので、しょっちゅうおむつを当てたり、飲ましたり、食べさしたりしなきゃいけない。こういう焦眉《しょうび》の急という場面におきましては、ユーモアを発揮しておりますと、子どもが乾上がってしまいますね。女の人はそういうところへ絶えず追い込まれている感じがします。巣づくり、子育てというのは、みんな焦眉の急のことばっかりで、それに比べますと、男の人は実にのん気な気がいたしますね。外に出て獲物を取るというのは、せっぱ詰まったといえばせっぱ詰まったようなものですが、男の人にしたら楽しみが半分あるのではないか。これは女の僻目《ひがめ》かもわかりませんけれども、どうもそんな気がする。

私のうちは、福島（大阪市福島区）で写真屋をしておりました。田辺写真館というのですが、いまでもあちこちに行きますと、「焼け残った古い写真がありまして、父と母の結婚式の写真の下に、田辺写真館と書いてありますわ」なんて方にお目にかかったりします。私の祖父が明治三十四（一九〇一）年にそういう仕事を始めまして、福島にきたのは大正の終わりか、昭和のはじめごろだったそうなんですけれども、父が二代目を継ぎまして、いろいろ店内のインテリアを変えまして、二階のスタジオまで全部靴のままで行けるようにしたりいたしました。たいそう新しがり屋でして、戦前——私が小学生のころですから、昭和十年代ごろでしょうか、赤いじゅうたんを敷いたりいたしまして、階段を上がっていくので、階段も全部じゅうたん敷きにした。滑りますので、滑り止めの真鍮《しんちゅう》の金具を階段の端につけておりました。

小沢昭一さん、あの方も写真館の出で、おっしゃってましたけれども、写真館の子どもは実にかわいそうで、よそさんのお休みの時が、仕事の書き入れ時なんですね。もちろん夏休み、冬休みはありますけれども、昔はカメラがいまほど普及しておりませんから、お正月なんていうと、みなさん晴れ着で写しに来られたりして、たいへん忙しいんです。それから戦争中ですから、出征兵士を真ん中にして、ご家族で記念写真を撮ったりする。四月なんかも忙しゅうございましたね。入学式に一年生に上がって、ランドセルのほうが大きいような子どもの手を引いて、黒紋付に絵羽織のお母さんが来られるわけですね。お母さんが、「あぶないですよ、気をつけなさい」と言いながら、子どもさんの手を引いて、二階へ上がってくるわけです。ところが履き慣れない靴ですので、子どもがツルンと金具で滑って落ちかけますと、「あほやな、何してんねん、この子は」ということになりますね。私、それを聞きまして、子どもながらにおかしかったんですけれども、いま考えますと、それは女の人の本質的なものの象徴みたいな気がしますね。

結局女の人は、そういうせっぱ詰まったところばっかりを、飛び石みたいに歩いておりまして、本来の意味のユーモアから少し遠いところで生活せざるを得ないわけです。女の人のそういうふうな世界は、男の人に反映しますから、日本人の社会全体がユーモア感覚からほど遠くなって、みんな焦眉の急とか、せっぱ詰まったとか、ぎりぎりいっぱいとか、そういう生き方になってしまいますね。

ユーモアなんていうことがこと新しく言われるまでもなく、われわれがふつう使っている日常語とか、ふつうの日常生活の中の考え方に、本当はユーモアがたくさんあるんです。ユーモアというのはゆとりですから、少し考え方をずらして、カメラのアングルを変えたりすると、ユーモアはたくさんあるわけです。

大阪弁のユーモア

私が学校を出まして初めて勤めましたのが、金物問屋だったんですよよ。樟蔭の女専（現・大阪樟蔭女子大学）を昭和二十二（一九四七）年に卒業しまして、ちょうど校長先生の同郷の知り合いの人がやってらした金物問屋に七年ぐらい勤めておりました。私は国文科を出たんですけれども、それは国文科上がりの学生なんかが想像もつかないような商売人の世界でした。大阪の商売人というのはどこから出ているかというと、結局大阪弁から出ているわけですね。大阪弁を使うから大阪商人というわけじゃありませんけれども、大阪人のものの考え方、大阪人の商売の仕方というのは、多分に大阪弁から発しておりますね。

私ははじめは大阪弁がすごくいやでございまして、もちろん私のうちも商売をしておりましたから、父なんかは本当に昔ながらの大阪弁を使っておりましたけれども、自分がその場に住んで、朝晩耳に大阪弁を聞くのはたいへんいやだったんです。

ところが聞いておりますと、大阪弁には非常に顕著な特徴がありますね。自分のことを言うのも、第三者のように言いなしますね。たとえばトラックが走ってきて、道端に物が置いてあると、商店の人が置いているというので、運転手さんが怒鳴りますが、これが東京人だと、「おい、どけてくれ」というふうに言うと思うんですよ。ところが大阪人の言うのを聞きますと、「おっさん、どけたれや」と言いますね。「どけたれや」と言っても、周りを見回すとその人しかいないわけですね。結局、どうかして相手に不愉快な思いをさせないように、非常に回りくどい言い方をして、刺激を弱めるわけですね。

これはやっぱりユーモア感覚の、一番大きな要点だろうと思います。たとえば、学校の生徒なんかがカンニングをしますね。そうしますと片一方のほうの子が、腕で囲って見せないようにする。現代のことですので、そういういやな子が多いと思うんですよ。そうすると、見ようとした子が「おい、見せたれや」なんて言いますね。これも人のために頼んでいるのではなくて、自分のことなんでございますがね。こういうところが、実に素晴らしいなぁと私は思いましたね。

本当の意味の文化というのは、こういうことなんですね、結局は。トラックの熊公や八公が、「どけたれや」と言う、そういうところに真の人間の文化とか、人間の感情とか、思いやりとか、やさしみというものがありまして、そういうものがまんべんなく行き渡りますと、本当の意味で恋愛が、この社会で市民権を得るような世代になる。どんな人も、愛情について、恋について、結婚について、一家言を持つことができる、そして中年の人が、「愛して恋したから結婚しました。若い人もそうしなきゃいけない」と、そういうふうな教訓を垂れることができるようになるのではないかと、その当時はそうは思わなかったですが、いまになってそう思うわけですね。

大阪弁というのは、そういう言い方が非常に巧みでございます。大阪は三百年の間、日本中の経済を一手に引き受けて、商売の原動力になりまして、天下の台所といわれ、「大阪の豪商ひとたび怒って、天下の諸侯おそるるの威あり」と恐れられましたけれども、そのもとは、結局ささいなそういう精神なんですわね。大阪弁というと、どうもテレビやラジオで変なふうに貶《おとし》められまして、ややこしい大阪弁が氾濫しておりますけれども、本当の大阪弁は「どけたれや」の精神で、私はこれを「どけたれや精神」と呼んでおります。

私が商売屋で初めて耳にしまして、面白いなあと思ったのは、「大将、まけたんなはれな」というのですね。誰のことを言うてるのかしらと思って、キョロキョロ見ますと、そのお店の人しかいないわけです。そういうのがたくさんありました。

大阪弁では、落語なんかによく出てきますけれども、決まり切った洒落《しゃれ》言葉というのがあるんですよ。大阪弁やいろんな大阪の考証の本を出していらっしゃる杉本書店から、牧村史陽《しよう》さんという郷土史家の先生が、『大阪方言事典』を出しておられます。これはたいへん面白い本なんですけれども、その後ろのほうに、「大阪しゃれ言葉」というのが何十となくありまして、これを昔の人はぽんぽんと使ったわけですね。阿吽《あうん》の呼吸が合って洒落言葉を使いますと、たいへんとげとげしい商売が、やわらかく、円くおさまるわけです。

たとえば私のおりました金物問屋なんかですと、問屋ですから、メーカーの品物をたくさん買いまして、それを今度は丁稚さんや番頭さんが、小売り屋さんへ卸しにいくわけですね。そういう商売なんで、メーカーの人がきて、お鍋ならお鍋の見本を見せまして、「これ、買うとくんなはれな」という話になりますね。そうしますとうちの店の問屋の人たちが、「まあ、妹の嫁入りや」と言うわけですね。どういうことかというと、「値ェ（姉）と相談」ということですね。これをちゃんとわかっている人ですと、ちゃっちゃっとそろばんをはじいてみせて、「これでどないだ」と言う。そうしますとこっちの問屋の人が、「そら袖口の火事や」――手が出せん、という意味です。そういうのがいろいろありまして、私ははじめのうちチンプンカンプンで、外国語を聞いているようでしたが、だんだん慣れてきますと、見ていて渋滞なしに話ができまして、しかもごつごつしないわけですわね。

たとえば東京の人だったら、それ相応にそういう約束事があるのかもわかりませんけれども、直訳いたしますと、「これ、買うていただけませんか」「それは何ぼですか。値段によります」「これこれです」「そんなもん高くてとても買えません」ということになりますと、ちょっとけんか別れみたいになりますね。それを「袖口の火事」とかなんとかいろいろ言う。

たとえばもっとひどいのになりますと、「鬼の死骸や」と申しますね。「引き取り手がない」ということなんですね。そういうことを言われますと、持っていったほうも怒ることができなくて、苦笑いして引っ込めたりいたしますね。そういうお鍋を見ますと、本当に色の悪い、けったいなアルマイトで、こんなもん店に並べといても、十年ぐらい売れへんやろうというのがありますね。そういう時に、「鬼の死骸」とか、「幽霊の葬式」とかいろいろ言います。頼りない人のことを、「のれんにもたれて麩《ふ》かんでる」というのはよく言いますけれども、「幽霊の鉢合わせ」というのも頼りないという意味でして、そういう罵《ば》詈《り》讒謗《ざんぼう》の言葉が、実にやさしく面白く、ユーモアを含んでたくさんあるわけです。

ですから、そういう商売屋のお店では、若い人たちが丁稚さんで入ってきますと、まずそういう言葉を教えるわけですね。これは商売のイロハみたいなものでして、知らないよりは知っていたほうが商売がしやすい、という親父さんの仏心でございます。まず一番はじめに、返事の仕方を教えたりしますね。「何々君」と言われて、「はい」と言うと叱られるわけです。「はい」と言うと「角が立つ」と言うんですよ。「へえ」と言ったりすることを教える。それから、体質的に受けつけなければしょうがありませんが、なるたけ煙草を吸うことを教えたりしますね。これは向こうから難題を吹っかけられた時に、しばし煙草を吸って時をかせぐわけです。こういうのは政治家でもご愛用なさっているかもわかりませんが、煙《けむ》にまくというのではありませんけれども、マッチをすったり、一息ついたりする間に、どれぐらいの率を値引きしてやってゆけるものかと考えたりする。それからそういう約束の洒落言葉を何十となく教える。いろいろ緩急自在にしゃべれるようにしますね。そんなのをやっているうちに、だんだん一人前の商売人らしくなっていくんですが、もっと面白いのは応用の仕方なんですね。

たとえば間違い電話がかかってまいりますと、若い丁稚さんの卵が、「違います」とガチャンと切るわけです。たまたまそういうところを親父さんや番頭さんに見つかると、「商売人がなんという口のきき方をする」と、大変なお小言を頂戴する。若い子ですから、「どこがいけまへんねん、間違い電話やから間違いや言いました」と言いますね。「たとえ間違いにしても、そういう木で鼻くくったような挨拶《あいさつ》するもんやない」というわけですね。商売人というのは、どこまでも相手を笑わして、面白おかしく言わんといかん。「あんた何番へかけたはりまんねん」「何番何番です」「それ気の毒やけど十番違いですわ。これお金やったら十円ぐらいまけたげまんのにな、ハハハ」というふうに言わないかんと、身をもってしゃべるわけですね。

そんなことをいちいち直接的にしろというのではありませんけれども、気持ちの持ち方を教えるのでしょうね。こういうふうなのが二年、三年、四年、五年となってまいりますと、本当に面白い、言葉のなめらかな、腰の低い、闊達《かったつ》な一人前の商売人になりまして、そういうのをつぶさに見まして、私はたいへん面白かったわけなんです。

それとともに、大阪というのは独特の文化があって、ただいまだと東京まで三時間十分ですけれども、三時間十分の文化の差というのはたいへんなものですね。別に東京だからどうこうというのじゃなくて、ことに山口瞳さんに言わせると、昔は東京でもちゃんとそんなんやっておったけれども、生粋《きっすい》の江戸っ子は、終戦からこっち多摩や千葉のほうへ移ってしもて、いまはいいもばっかり入ってきよった、ということになりますが、昔の江戸っ子は、いまの大阪人の洒落言葉と同じように言ったといいますね。

いまの大阪だって、もちろん地方からたくさん人が入っておりまして、生粋の先祖代々の浪花っ子というのは少のうございます。私のうちでも、私は大阪生まれの大阪育ちですけれども、父もまあこっちで生まれましたが、祖父、曽祖母というのが岡山や広島のほうですから、三代続かないと大阪人じゃないといいますから、純粋な大阪っ子ではないわけです。いま私は神戸へ行きましたし、妹は伊丹で結婚して、弟は千里ニュータウンというわけで、なかなか三代続けて大阪に住むということはありません。ですけれども、どうしてだか大阪というのは、地方からきても、みんな生粋の大阪人みたいに染め上げてしまうという、たいへん体臭の強いところがありますね。これは大阪弁が持っている力だろうと思うんです。人のことを頼むみたいに、「どけたれや」という、そういう語法は、なるだけ持って回った言い方をして、相手を傷つけないように、それから自分のことを客観視できるというか、「見せたれや」というのは、結局自分を別のところに置いて、別の人みたいに眺めている人が言う言葉ですから。

こういうのが結局ユーモアのもとで、それが大阪弁をつくり上げているんだと思わせられますね。ですからよその土地からきた人でも、何となく大阪風なものの考え方になっていくんじゃないかと思います。

私はこの話が面白いので、小説の『猫も杓子も』に書いたのですけれども、東京に行っております時の話です。

私は書くのがたいへん遅うございまして、ちょっと前でございますが、田辺さんの原稿を待ってたらアナがあいてしまうと思いはったんかして、とうとう呼ばれたわけなんですよ。東京のホテルに缶詰めになっておりまして、片っ端からできた分を印刷所へ回すという修羅の巷です。私が五枚書き、十枚書きしていくのを、鬼のような顔をした編集者が取っていくわけです。とうとうしまいにお腹がすきまして、毎度毎度運んでもらうのがサンドイッチですので、ご馳走《ちそう》を食べたいと思って、彼のいない間を見計らって地下の和食堂へいったんですよ。お刺身定食を頼んだんですけれども、それがなかなかこないのです。私よりあとにきた人に注文が届いて、さっさと食べてはるわけです。

私はお腹のすくのもさりながら、早いとこ部屋へ帰らんと叱られますから、お店の人をつかまえて、「遅いわね、お魚釣りに行ったはんの」と言ったんです。これがたいへん悪かったとみえまして、彼女は私をにらんで、奥にいる黒い蝶ネクタイの支配人に告げ口にいくわけです。二人で私のほうを見てヒソヒソとしゃべっておりましたが、やがて支配人が私のところへやってきて、「相済みません、もう少々お待ち願います」と葬式みたいな声で言うわけですね。

こういうところが、大阪や神戸と阿吽の呼吸が合いませんね。大阪や神戸でそんなん言いましたら、「えらい済みません、いま船頭捜しに行ってます」と言う人もあるかもわかりませんしね。それはわれわれがしょっちゅう言うことで、大阪人だと恩人の葬式に列席したような声を出して、謝りにくる人はないわけですね。

私の友達が、転任で大阪から東京の本社へ移ったんです。彼は用度課ですので、出入りの文房具屋さんに、「君とこちっとも入れへんやないか、だいぶ前に注文したのにどないなってんねん、長崎へでも引っ越したんか思たがな」と電話したそうです。そうしますと向こうが非常にまじめな声を出しまして、「いいえ、どこにも引っ越してません、もとのままです」と言ったんだそうです。私の友人は「あいつあほちゃうか」と言うんですが、そういうふうにスクエアなところが東京にはございますね。これは東京弁の性質でありまして、結局、東京弁そのものが東京人気質をつくる。大阪弁が大阪人気質をつくる。これはやっぱり何度も言いました「どけたれや精神」でございます。

私がそれを言っておりますと、司馬遼太郎さんが曰く、それはやっぱりしゃあない、それぞれ東京弁、大阪弁のよってきたる成立条件が違う。東京というのは武士の町ですから、武士というのは口約束でも金鉄の契りでございまして、いったんこうと言ったらそのまま契約になる。だから言葉と言葉というのは単に言葉じゃなくて、たいへん確実な手形みたいなものになる。ところが大阪は商売人の町だから、言葉で楽しむ。それがあるんでしょうな、ということでしたね。

私はどちらかといえば、やっぱり言葉をいろいろ使って、お互いに面白いことを言い合いして楽しむというほうが、文化が上ではないかなと思ったりいたします。いまさら大阪文化と東京文化の比較ということを持ち出すのではありませんけれども、大阪弁の特異性というものを考えました時に、私の話の時は東京の人はいつでも損な役回りになって気の毒なんですが、でもそんな感じがいたしますね。

私は、そういうふうなものは、大切にしなければいけないと思うんですね。現代の中で一番失われているのは、そういうおちょくり精神といいますか、物事を面白がる精神みたいなものかもわかりませんね。本来、これは男性以上に女性にとって必要なものではないかと思いますが、女の人にはどうしても少なくなりがちなんです。女の本質そのものが非常にせっぱ詰まったものでございますから、そういうふうなものを涵養《かんよう》する暇といいますか、素質みたいなものがなかなかございませんで、結局どうすればいいかといいますと、なるだけ余分の遊びをすることでしょうね。

恋愛しやすい風土をつくる

われわれは現代に生きる時に、湿布薬みたいに、今日貼って今日効くというものばっかり求めておりますね。それでもって小説とか詩とか、このごろ絵画が投機ブームの対象になってけしからんと思っているんですけれども、自分の好きなものに対して情熱をかける、それがそのまま、お金とか、世俗的なことにつながらないでも、好きなモノを一遍追い求めてみる、そういう情熱がなくなってしまっている。これは文化の危機だと思うのですよ。一見しょうもないものを、できるだけたくさん、いろいろ発明して、考えて、集めてみる。

いま、小説というものを好きで読むのではなくて、何かのため——教養のために読むとか、話に遅れないために読むとか、そういうふうなことが多くて、私は本当に好きな小説を書いて、好きな人にだけ読んでほしい。物書きとして心の底から思うのです。

たとえば、イギリスの男の老年の大きな楽しみは、老人用に印刷された大きな字の探偵小説を、眼鏡をかけて、火の燃えた暖炉の横の椅子に座って、ウイスキーをちびりちびりやりながら読むことだというのがありまして、ヨーロッパのどの国に行きましても、老人用の大きな字の小説本が出ておりますね。恋愛小説もあるんだそうです。

ところが日本で、恋愛小説を、お年を召した方が、とくに男性がお読みになるかどうかということでございますね。そういうものと、日本人が忍ぶ恋に対して異常な執着を持っている、あからさまに言う恋ではなくて、恋愛というものは人の前から隠して、こっそりと、いつまでも片思いでもいいから、心の中に秘めている、そういうふうな恋を非常に美しいとする、そういうものと何か似通っている、そこの精神風土に共通なものがあるということを感じますね。

私は、やっぱり小説を楽しんで読む、早くそういう風潮になってほしい。日本に近代小説が入ってから、まだ百年しか経っておりませんから、小説そのものを楽しむということがありませんで、たとえば有吉佐和子さんの『恍惚の人』にしましても、有吉さんはあれを単に老人を素材にした、というつもりで書いたのであって、自分としては文学的な冒険をして書いたつもりである、それがいろんなふうに変わって伝えられていることが多い、どうも心外だ、という口吻《こうふん》を洩《も》らして書いていらっしゃるのをちょっと拝見しましたけれど、『恍惚の人』、あれでもって老人対策の何かにする、そういうふうに何々のために何々をするという、非常に実利的な読まれ方をする場合が多うございますね。

これは日本の文学にとってたいへん不幸なことでして、小説がそれだけみんなの前で、芳醇《ほうじゅん》なものをもたらして返ってくる、そういう風土の土が非常に浅いわけなんでしょうね。だから球根を埋めても、花を咲かせるに至らないという感じがいたします。つまり、小説の読み巧者の人は非常に読み巧者で、文学的に深く読むんですけれども、そうでない人は何かのために読む。たとえば、私が話にいきました会社の重役さんたちの会で、「徳川家康は読みました。経営の参考になるいうさかいに」という話がございましたが、せいぜい読まれるとしてこういうあたりでございましょうね。でもね、男の人が恋愛小説を読んで、それからおばあさんが眼鏡をかけてユーモア小説を読む、そういうふうに日本の文化の層が厚くならなければ、現実問題として、本当に大っぴらに恋愛を楽しめる時代は、なかなかこないんやないかという気がします。

私の場合は、そんなにたくさんの部数は出なくてもいいんです。あまりたくさん出ましても、私の懐に入りませんで、たいがい税務署に直行でございますから、そういうのはたいへん虚《むな》しい。それよりか私の書きたい小説というのは、そういうふうにやさしくて、ちょっぴり面白くて、それから本当に好きな人だけ読んでくださって、私はそれにリボンをかけて、きれいな紙に包んで、たとえばチョコレートなんかと同じようにプレゼントできるようなものです。「これは私が食べておいしかったから持ってきました」と病人のお見舞いなんかに上げるお菓子がよくありますが、そういうお菓子とか、非常に美しい果物みたいな、そんなふうな読まれ方、愛され方をしたいですね。

私は昔から小説はあんまりたくさん読んでおりませんけれども、好きな小説は案外変わらないんです。ひとつ好きなのがありますと、いつまでもそれを持っていまして、ぼろぼろになりますと、また新しくそれを買い替えたりいたします。そんな中に、たとえばピエール・ロティの『お菊さん』とか、戯曲ですけれども、ラシーヌの『ブリタニキュス』なんかがございまして、そんなふうにいつまで経ってもかわいがってもらえる小説、表紙がぼろぼろになるまで好かれる、そんなふうな小説を書きたいなと思います。それを読んで教養の足しにするとか、あるいは経営の参考にするというのも、まあ小説のひとつの在り方ではありましょうけれども、そういう小説ばっかりでは、やはりつまらないですね。

自分の好きな小説をたくさん読んで長年経っておりますと、心の中に一滴ずつしずくがたまりまして、やがてだんだんたまりが大きくなります。そういうふうなものができる人がやさしさのある人といいますか、つまり中世的な語法を使いますと、「もののあわれ」がわかる人ということになるんじゃないかなと思います。

われわれが生きております社会というのは、実に生きにくい社会でございまして、何かかんかやって、人はうれしそうに、楽しそうに生きておりますけれども、それぞれ一人ひとりを眺めて膝《ひざ》突き合わせて話を聞いてみると、何とも言えないいやな問題とか、苦しい問題、悲しい問題をいっぱい抱えていらっしゃると思うのです。非常に陽気に、楽しそうに見える人ほど、そういうものがたくさんあるのではないかという気がしたりする。

本当の「もののあわれ」の意味をいいますと、これは自然観照の美学だとか何だとか、いろいろむつかしいことが源氏学者たちによって解明されておりますけれども、私は現代に当てはめた場合の「もののあわれ」というのは、人生のほんのちょっとしたことにちょっと微笑《ほほえ》むとか、笑わせられるとか、人生ってなかなかいいもんだ、生きていると、ひょっとしたらいいことがあるかもしれないと、みんなが一縷《いちる》の希望を抱きながら生きていく——そういうふうな、ちょっとした浮世の中にある話でありながら、一点浮世離れしたというようなものが「やさしみ」であり、「もののあわれ」であり、そういうものを見つけていく能力というものが、「教養」というものではないですかね。

私は、教養というのは、この人生からいいものを拾い上げていくことのできる力だと思いますね。それからさらにそれを自分のうちでもっと耕して、今度はそれをばら撒《ま》くことのできる能力ですね。拾うだけが専門の人もあるし、ばら撒き専門の人もありますが、こういうことをできる人を一人でも多くふやすというのが、小説の功罪の功のほうでございますね。私はそういうことのできる小説を書けるようになれば、小説書きとしては望外の喜びというふうに考えます。

前回に朝日阿闍梨《あじゃり》の話をいたしましたね。天文博士の奥さんのところへ忍んできた、隠れたるひそかなる恋人の朝日阿闍梨が、夫の天文博士が帰ってまいりましたので、あわてて逃げようとしますと、天文博士がたいへん洒落た人で、後ろから「あやしくも西に朝日のいづるかな」と詠む。そうすると朝日阿闍梨もちょっと粋な人で、「天文博士いかに見るらん」と返歌した。そこまでは単なる駄洒落でありますが、あと二人は「まあ一杯飲もうやないか」と、たいへん意気投合して無二の親友になりましたとさ、という話がありまして、この「無二の親友になりました」というのが本当の意味のユーモアだという話をいたしました。私は実はこの話を下敷きにした、小説を書いたことがございます。『びっくりハウス』（新潮文庫『ここだけの女の話』に収録）という題をつけましたの。その中ではタクシーの運転手の話にしました。

私は、名前が美しいものですから、いつも架空の町の夢野町というのを設定します。神戸市内にも夢野町（兵庫区）というのがございますが、私の小説の中では兵庫県夢野郡夢野町大字夢野ということになっておりまして、いい加減なのをつけておりますけれども、自分では「夢野町シリーズ」というんですけれどもね。その夢野町で運転手さんがタクシーを流しておりました。とあるところのその種のホテルから出てきた女が車を止めました。

みんな汗水たらして働いている昼日中に、なんちゅうけしからんやつやと思いながらも、商売は別ですから車を止めますと、何とそれが自分の女房でございます。悪いことはできんもんやということで、家に帰りまして、たいそうとっちめます。ところがこの運転手たいへん気の弱い人で、小さい時から兄弟げんかひとつしたことがない。けんかしてもいつも泣き寝入りになっているというふうな男なんですね。

ですから女房のそんな現場をつかまえましても、爆発して頭をなぐったり、どつきまわしたり、相手の男を四つにたたんでホッチキスで留めておいて、真ん中を踏みつけるとか、そんなことを頭の中で考えるのですけれども、なかなか現実にできないわけですね。結局その男はぷうっとふくれているんです。

その女房というのは、どっか少し足らんところがありまして、けろけろっとして、亭主が一所懸命叱っておりますのに、「あ、蠅《はえ》がたかる……早よ、食べたら?」なんて言うてるわけですね。テレビのクイズなんか見て、一人でキャッキャッと笑ったりしているわけですね。男のほうはふくれっ面をしていますが、内心いろいろとふくれっ面について哲学的な考察をしたりする。だいたい人がふくれるというのは、人に見てほしいからである。本当に怒っているんだったら、パンパンと頭を二つ三つ張って、「出て行け」と足蹴にして、ピシャンと戸を閉めて離婚すれば済むんですね。ところがどうしても離婚し切れないところが人間にはございますね。こういうけしからん不貞の女房というのは追い出すべきであるとわかっておりますけれども、そこが、人間らしい人間であるほど、やっぱりできない。できないでふくれているわけです。ふくれているというのは、人間と人間をつなぐ一筋の線が、とぎれとぎれになりながら、やっぱりちぎれないで、風に漂う蜘蛛《くも》の巣のごとくふわふわとして、何か手放しにくいものがあるからふくれるんですね。

離婚はせえへんけれども、僕は何もお前を許したわけではないぞ、ものすごく腹を立てているんやぞ、それはこの顔を見たらわかるやろ、というのでふくれているわけですね。ところが奥さんが、すごくわかってくれる女だったらいいんですけれども、ちょっと抜けておりますから、一所懸命怒っている最中に、「早よ食べ、蠅たかるやないの」と言ったりするような、一風も二風も変わった女なんですね。自分のことは、「そんなん悪かったと思てんねんからもうええやん」とけろりんかんとしているわけです。

男のほうはそんなことでくしゃくしゃしておりますから、毎度毎度働きに出ましても、行く道を間違えてお客さんに叱られたり、いまにもぶつかりそうになったり、スピード違反で挙げられっぱなしでございまして、こんなんしてたらしゃあない、というので、友達を呼んで打ち明けるわけです。「恥を忍んで打ち明けるけど」というわけですね。

その友達はタクシー会社の友達で、中学校時代からの親友なんですけれども、彼はその話を聞きまして、一所懸命、奥さんのことを弁護するわけなんです。「そんなもんは時のはずみや、奥さんかて悩んではるやろ、済まん思うて心の中で泣いてはるやろ」と言うのですけれども、その奥さんというのはいつもテレビ見て、キャッキャッと笑っているような奥さんですけど、男にしてみたら心中そうは言えませんので、「うん、うん」と言うんですけれども、いわばカエルの面にションベン、という格好の奥さんなんですね。

男とその友達は、何とかして相手の男をぎゅっといわせてやりたいわけです。裁判に持ち出していろいろやると、男も恥をかくし、こういうことは両刃の剣で、両方が傷つく。恥をかかずに相手の男に思い知らせてやる方法はないものかと考えるわけですね。

二人で頭をしぼって考えまして、友人がはたと膝を打って、「江戸時代の慣習では、間男の相場は七両二分や、そやからあいつ呼んでぴしっと決めつけて金取ったらええねん」と思いつきます。「取ったる言うて、払いよるやろか」「そこを払わすねん、こっちはものすごう怒ってるということを見せて、いざとなったら訴える覚悟があります、言うて払わしたらええねん」ということになりました。

ちょうど友人がタクシー会社の事故係でございますので、間男の書式なんてどない書いたらええのんか知らんけど、車の事故の示談書の写しがあるから、あのとおり書いたらええのちゃうかというので、それを持ってきて、二人で文面をいろいろ勘案しまして書くわけです。それが車のことでございますから、「何月何日、どこそこの道において本人所有のトラックがだれそれのクルマに当たった。よって甲と乙は賠償の何々を取り決めてこれを認めた」として印を押すようになっておりますね。

あんまり頭の強くないほうの二人ですから、その文句をどういうふうに変えていいのかわからないので、「本人所有の妻ハルミ」なんて書きまして、「これはちょっとおかしいのとちゃうか」「しかしそのほうが意味が強まるのとちゃいまっか」といろいろ相談しまして、やっとそれらしきものができあがりましたが、問題は金額でございます。

「ここをどない書いたらええやろ、五十万円ぐらいにしとこか」と、友人が爪で紙をはじきながら言います。相手の男はバスの運転手でございますから、間男された男は、「運転手が五十万もよう払いよるやろか」と心配します。「ほな五千円ぐらいか」と非常にちゃらんぽらんな友人でございまして、片一方も「桁が違いすぎる。五万円ぐらいにしといたらええのとちゃうか」とあやふやで、両方ともそんなに学のあるほうじゃありませんので、昔の間男の相場とされる七両二分がいまのお金に換算してどれぐらいになるか、非常に困るわけですね。それでも、どうにかこうにか、結局は五万円に落ち着きました。

それで奥さんに言いまして、休日にその男を家に呼ぶことになったわけですね。本人の男はあんまり口が立つほうじゃありませんので、前もって言う文句を紙に書いておいたりします。友人も側《そば》から助言をしてやると言うんですけれども、その日になっていざという時になったら、「僕は事故係やけど、相手の言うことに釣られやすい癖があるねん」と、頼りないことを言ってます。

そこへ間男した青年がおじさんを連れてきまして、両方ともまともな男でして、小さくなっているわけです。向こうが小さくなっておりますと、人情としてこっちのほうは大きくなりますから、やっと元気を取り戻しまして、居丈高になりまして、「バスの中でここの奥さん口説いたということやけど、どういうつもりやねん、それは」と二人で詰め寄るわけですね。

青年はますます小さくなりまして、しまいに「どないしたらよろしいですか」と泣きだします。「あんたの持ってるもん、全部とは言わへんから、ちょっとだけ出してほしい」「そやけどそんなん痛いです」「痛いぐらいのこととしてもらわな、誠意見せてもらえへんのと違いますか」「そんなら外科医呼んでください」。青年は小指を切られると誤解してたんですね。「指詰めたもん持ってどこ行くねん。お互いまともな市民やおまへんか、五万円もろたらええねん」「あ、金だっか」と青年は急になれなれしく、ずうずうしくなりまして、「そやけどこういうことは五分五分やから、私だけが責任とるのと違う、半分にしてください。私ら薄給やから二万円ぐらいや」というわけですね。

友人が「もう一声、もう一声」なんて非常に気楽なことを言いまして、いろいろ駆け引きがありまして、とうとう二万三千五百円に落ち着きました。

書類もちゃんとできあがりました。そうしますうちに、いままで黙りこくっていたおじさんが急に元気になりまして、「いやあ、きょうは暑いですな」と急にペラペラしゃべりだします。「おたくはホガラカタクシーですか、うちの知り合いの息子がニッコリタクシーにおりまんねん」とかいう話になりまして、冷たいビールを抜いたりしているうちに、たいそうみんなが意気投合しまして、おじさんの息子に電気工事の配線の仕事を頼むことになったりと、すっかり仲良くなってしまいました。しまいには飲めや歌えやの大騒ぎになりまして、アパートの管理人がのぞきにくる始末でございました。

これは、このタクシー運転手が「私」という一人称で語る小説なんです。「私」が新聞の身上相談に手紙を出したという形式になっておりまして、最後にその「私」が、「これどっかおかしいのと違いまっか、どこがおかしいかわからんさかい、教えてほしいのでありますす」という文句で終わっております。

私の意図したところは、結局、下敷きにしたのは朝日阿闍梨の話でございますが、こういうふうにいがみ合っていた人間が、最後に対立が解けていって、両方とも仲良くなってしまって、全部ご破算になってしまって、みんな親友になってしまって、知らない人も知る人と同じように交じり合ってしまう。これはひとつの時の流れ、それから人の精神の流れといいますか、あとになってむつかしいことが言えるんですけれども、私はそういうものので、「もののあわれ」を見ようとしたわけなんです。自分の小説を自分で解説するとおかしいんですけれども、私が使う場合の「もののあわれ」というのは、主にそういうところで使いますね。

小説にもいろいろなタイプの小説があってもいいので、たとえば私が小説を勉強し始めた戦後すぐの頃、私たちがたいへん若かった頃にはサルトルの『文学とは何か』という本が、この上ないたいへんなテキストでございまして、サルトルの言うことは金科玉条みたいにして聞きました。その中に、「小説を書くということは、それによって社会を変革するに足るものでなければいけない」というのがありまして、これこそ小説、つまり文学の至上命題だと思いましたね。

でもこの年になりますと、そういうものが本当に小説かどうかというのは、私は非常に疑いますね。そういうものがあって、それによって社会が変えられたということももちろんありますし、人の運命とちょうどぶつかって、人の運命が変わったということもありま す。文学はいろんな形に発現しますから、それもすばらしいことでしょうけれどもね。でも読んで一見何の奇もないけれども、あとに何か残った、小説の題も主人公の名前も、こまかいところももちろん忘れたけれども、その小説の雰囲気だけを覚えているというふうな、こういう小説というのは本当に小説らしい小説ですね。

文学談議になりますが、小説の本当の値打ちというのはディテールと文体だと思いますね。これはいまあんまり大切なことに考えられておりませんで、小説そのものが社会を動かすとか、小説の筋とかがたいそう重視されている傾向がございますが、本当の小説、私の考えている私の好きな小説というのは、そういうものじゃなくて、文体と、それからひとつの小さなシーンですね。現に私たちが小説を読む時に、本当に小さなシーンを覚えているということがありますね。きっと皆さんも、何かの小説についてはこのシーンだけを覚えているということがおありだと思います。

たとえばトルストイでいいますと、カチューシャのお話（『復活』）なんていうのは、誰も一応は筋を知っていますけれども、あの長いのを端から端まで読んだという方は、現代だったらあんまりいらっしゃらないかもわかりません。もう何十年も昔ですけれども、私があれを全部読んでしまっていま覚えているのは、まあいま読めばもう少し変わるかもしれませんけれども、ネフリュードフとカチューシャがライラックの茂みのところで初めて逢うシーンだとか、そういうごくわずかな、そうですね、ページにして四分の一ページぐらいの何行かが非常に印象に残ったりする、結局、そういうものを与えてくれるのが小説の醍醐味《だいごみ》かもわかりませんね。これは、それを読んですぐどうこうするというのではありませんけれども、長年の間、心の中に残っていって、だんだんそういうしずくがたまっていく。そういうものが十年、二十年とたまっていくうちに、その人の人柄なり性格なりが形づくられていく、そういうふうなものではないかなと思います。

だから私は、日本で非常にいい恋愛ができるようになる、中年の人たちが愛するということを、含羞《はじらい》なしにしゃべれる、愛が日常の生活の中に入ってくるというのは、そういうしたたりを持った人が、一人でもたくさん増えるということじゃないかなと思います。小説なり、詩なり、音楽なり、絵なりを自分のための楽しみとして、自分の中にしずくをためるものとして楽しむ、そういう人たちが一人でもたくさん増えてほしいですね。そうしなければ、いまのままだったら、本当の意味の「もののあわれ」をわかった女の人は出てこないんじゃないかなと思ったり、それからスパルタ教育でたたき上げられた男の子たちが、本当に男らしい男になれるかどうか、私はたいへん疑問なんです。私が考える男らしい男の人というのは、酔っぱらいの留置場のおまわりさんみたいに、「でもやっぱり酒は人生にとって必要です」と言い切れる、そういう人が本当に男らしいと思うのです。

たとえば中学校の男の子みたいに、けんかしている女の子を仲裁するのに、「おい、もうあしたにせえや」と、そんなことが言えるだけの厚みのある男の人というのは、私にとって本当に「もののあわれ」を知っている男の人で、男らしい人なんだと思います。

私にとってのいい恋愛と、現代の恋愛との間に落差がたいへん大きいので、できるだけその落差を埋めるようにというのが、まあ小説を書く動機、なんて言ったらおかしいですけれども、そういう小説を書きたいなと思います。だから広告をさせてもらえば、私の小説を読むと、人は恋愛をするのが上手になりますよ、ということに尽きるかもわかりませんね。日本人がなるだけたくさん恋をして、そのことで自分の人生をふくらませて、さらにそれをあちこちにばら撒いてほしいですね。そうしなければ、蠟燭《ろうそく》の火をお互いに付け合うというような、そういうやさしい世の中になるはずはないと思うのです。
いまの男の人を見ていると、ある種の人は恋愛することを、男らしさから一番遠い、極北みたいにいいますね。でも人間は何のために生きているかというと、結局、恋して愛して死ぬためですね。私は、人間が死ぬ時に、面白かったなぁと思って死ねば、それは最高の充実した人生だと思うのです。それはやっぱり人と人とのつながりに尽きますね。人と人との関係において、たいへんよかったと思って死ぬことができれば、これは最高のものでして、そういうことに比べれば、お金をためること、家を建てること、成功すること、名声を得ること、そんなことは何ほどのことがあろうかと考えますね。まあ、日本人の恋愛美学というのを、もう少し根本的に変えてもらって、恋愛しやすい風土をみんなでつくっていくこと、これだけではないかなと思います。

（1973年5月29日）

［初出一覧］

夫婦を詠む
（『ＳＯＰＨＩＡ』一九九五年八月号）
愛する伴侶を失って
（『文藝春秋』二〇〇二年九月号）
「あの頃」の正月、「あの頃」のわが家
（『小説現代』二〇〇七年一月号）
人は老いて豊饒になる
（『潮』一九九〇年十二月号）
人生の「あらまほしき」を探して
（『婦人公論』二〇〇六年六月二十二日号）
「ぼちぼち」の豊かさ
（『ミセス』二〇〇四年五月号）
男から学んだこと、女から学んだこと
（『小説すばる』二〇〇七年一月号）
講座「日本人の恋愛美学」
『日本人の美意識ゼミナール』
（田辺聖子「恋愛」）
一九七四年、朝日新聞社

田辺聖子　たなべ・せいこ
1928年大阪生まれ。樟蔭女子専門学校国文科卒。64年『感傷旅行（センチメンタル・ジャーニィ）』で芥川賞。87年『花衣ぬぐやまつわる……』で女流文学賞、93年『ひねくれ一茶』で吉川英治文学賞、94年菊池寛賞、98年『道頓堀の雨に別れて以来なり』で泉鏡花文学賞、読売文学賞を受賞。2008年文化勲章受章。小説、エッセイをはじめ、古典論、評伝など、著書多数。

朝日新書
429
男《おとこ》と女《おんな》は、ぼちぼち

2013年10月30日第1刷発行

編著者　田辺聖子

発行者　市川裕一
カバーデザイン　アンスガー・フォルマー　田嶋佳子
印刷所　凸版印刷株式会社
発行所　朝日新聞出版
〒104-8011　東京都中央区築地5-3-2
電話　03-5541-8832（編集）
　　　03-5540-7793（販売）

Published in Japan by Asahi Shimbun Publications Inc.
ISBN 978-4-02-273529-4
定価はカバーに表示してあります。

落丁・乱丁の場合は弊社業務部（電話03-5540-7800）へご連絡ください。
送料弊社負担にてお取り替えいたします。

伊勢神宮
日本人は何を祈ってきたのか

三橋 健

江戸時代、「せめて一生に一度」と歌われたお伊勢参り。式年遷宮にあたる今年、ブームは再燃している。日本人にとって伊勢神宮とは何か。なぜ人々は伊勢を目指すのか。歴史と神話の息づく至高の聖地を神道学者がやさしく解説。カラー口絵つき。

プロ野球、心をつかむ！監督術

永谷 脩

組織の強弱を決めるのは、トップリーダーの指導力！ プロ野球の名将は、いかにして選手の心をつかみ、チームを奮い立たせたか!? 熱血派、非情派、知性派——歴代監督の系譜と言葉のなかに人心掌握術の秘密を探る。名将と愚将は、何が違う!?

教師の資質
できる教師とダメ教師は何が違うのか？

諸富祥彦

大津中2いじめ事件でのずさんな対応、体罰、人権侵害まがいの暴言……教師の問題が大きく浮かび上った今、本当に求められる資質とは何なのか。「教師を支える会」代表として、全国の学校の問題に取り組む著者が、その基本となる教師像を説く。

新幹線とナショナリズム

藤井 聡

敗戦後、自信を失っていた日本人に希望を与え、ナショナルプライド復活に大きな力となった夢の超特急、「新幹線」。鉄道や道路などのインフラを整備して国家を発展させた海外の例なども交えながら、ナショナルシンボルとしての新幹線を論じる。

大便力
毎朝、便器を覗く人は病気にならない

辨野義己

うんち博士として名高い著者が、腸と健康の親密な関係を解説。約1200人の便を解析した結果、腸内細菌のパターンを八つに分類した。冒頭に収録したフローチャートから自分のパターンを知ることで、かかりやすい病気や自分の健康状態がわかる！

ビジネス小説で学ぶ！ 仕事コミュニケーションの技術　齋藤 孝

ビジネスにおけるストレスの9割は人間関係が原因、という著者が、メンタル環境を整えるためのコミュニケーション術を伝授。MBAスクールで用いられている理論をやさしく嚙み砕き、ビジネス小説に具体例を採ることで、楽しく実践的に解説する。

ニッポンのジレンマ ぼくらの日本改造論　[illegible] 古市憲寿 西田亮介 山崎亮 開沼博 藤沢烈 河村和徳ほか

「1970年以降生まれ」が復興と地域活性化について徹底討論。NHK Eテレの人気番組「ニッポンのジレンマ」を未放送部分も収録し書籍化。人気の若手論客たちが、リアルな感性で〝この国のあたらしいかたち〟を探る！

少年スポーツ ダメな大人が子供をつぶす！　永井洋一

勝利至上主義が生む体罰、恫喝、無視、いじめ、そしてマシン化する子供達……。「健全な魂」も「フェアプレー」も幻想なのか？ スポーツ界にはびこる病理を主に少年スポーツの現場から読み解く。そのスポーツ、子供のためになってますか？

数式のない宇宙論
ガリレオからヒッグスへと続く物語　三田誠広

人間ははるか昔から宇宙を知りたいと情熱を燃やし続けてきた。現代のような実験装置のない時代、ガリレオはなぜ地動説を確信できたのか？ ニュートン、アインシュタインの頭の中とは？ 数式を一切用いない、高校生にもわかる宇宙の話。

全面改訂 超簡単 お金の運用術　山崎 元

ロングセラー『超簡単 お金の運用術』に、10月から口座開設が始まる税制優遇制度・NISAにも対応した運用術と、アベノミクスとバブルの解説を加え、内容を全面的にアップデート。初心者でも激動の市場で確実に勝てるコツが満載。

小林秀雄の哲学　高橋昌一郎

なぜ小林秀雄の言葉は人の心を魅了してやまないのか？ 生誕111年・没後30年にあたる今年、『理性の限界』等で知られる気鋭の論理学者が、〝近代日本最高〟の批評の数々を考察する。〝受験生泣かせ〟ともいわれる難解な論理の正体とは。